DE LA MÊME AUTRICE

Aux Éditions Gallimard

FIN

Du monde entier

FERNANDA TORRES

SHAKESPEARE À RIO

roman

Traduit du portugais (Brésil)
par Michel Riaudel

nrf

GALLIMARD

Les personnages et les situations de ce livre ne sont réels que dans l'univers de la fiction ; ils ne renvoient ni à des faits concrets, ni à des personnes concrètes, et n'émettent aucune opinion sur eux.

Les citations des pièces de Shakespeare proviennent de l'édition de la Bibliothèque de la Pléiade, *Tragédies*, vol. II.

Titre original :

A GLÓRIA E SEU CORTEJO DE HORRORES

À Arlette et Fernanda
à qui je dois la vie
les coulisses
et le titre original de ce livre

PREMIÈRE PARTIE

Pillicock se percha sur le mont Pillicock ;
halloo, halloo, loo, loo !

SHAKESPEARE,
Le Roi Lear, acte III, scène IV

C'est arrivé comme ça, d'un coup : Soufflez, vents. Je hurlais en pleine tempête malgré ma voix cassée depuis la première ; la troupe agitait son tonnerre de métal, une idée imbécile du metteur en scène qui se croyait plus génial que Shakespeare. Les répétitions tendues, cette foutue langue portugaise trois fois plus longue que l'anglais pour dire pareil, mes méninges qui turbinaient pour traduire une image, puis une autre, et une autre, la claque. L'illusion que je faisais des progrès a sombré le jour où ce réinventeur de la roue a filé une plaque en tôle à chaque comédien et a demandé à ces idiots de secouer cette saloperie avec la rage d'un fauve. Se venger de bibi mézigue, se payer une tronche qui, non contente d'être la tête d'affiche, était aussi le patron de ce petit monde : le responsable de la compagnie, qui avait eu la funeste idée de lever des fonds *via* les lois du mécénat pour concrétiser son rêve : être mieux qu'un médiocre acteur des tropiques.

Soufflez, vents, à vous crever les joues ! Faites rage, soufflez !
Vous trombes d'eau et déluges, jaillissez
Jusqu'à inonder nos clochers et noyer leurs girouettes !

Pendant les deux mois qui ont précédé la première, ma préparatrice vocale, un croisement de chamane et de docteure *honoris causa*, m'a fait répéter à quatre pattes le monologue de la tourmente, sur le tapis de son cabinet, dans un vieil immeuble de Copacabana. Moi, j'obéissais, à quatre pattes sur le tapis, gobant sa théorie qu'il n'y avait que comme ça que j'entrerais dans la peau du roi humilié. Laurence Olivier n'a jamais eu besoin de se mettre à genoux ; moi si, à quatre pattes, dans le cagibi de Copacabana. Côté sens de l'humiliation, ça va ; ce qui me manque, c'est savoir porter la couronne avec noblesse, personne sait faire ça. Cette certitude, elle me venait chaque fois que, fourbu et déprimé, je quittais le placard du bâtiment commercial de la rue Figueiredo Magalhães et que je me rendais à une nouvelle journée exténuante de répétitions. En ce temps-là, je croyais encore en moi. L'illusion de la gloire. Tout s'est mis à chanceler le jour où cette canaille de metteur en scène a confié les tonnerres d'acier à la troupe, en ordonnant à ces bestiaux de secouer ses niaiseries. Stein – c'était son nom, à l'illuminé, Stein. Je lui ai dit : Mais comme ça, personne va m'entendre. Il m'a jeté un regard méprisant et m'a répondu que le texte importait peu, que seuls comptaient sa déconstruction et tout le boniment du théâtre de l'image. J'ai pensé : À ce compte, t'as qu'à diriger des marionnettes ; aligne un chapelet de pantins d'Olinda. J'étais à deux doigts d'éclater, mais la peur que mon metteur en scène me lâche à un mois de la première m'a retenu.

Au centre du plateau, je répétais les vers, à quatre pattes, en roi de rien du tout, bref, Lear en personne. L'angoisse m'a donné l'idée de me tourner vers l'exorcisme, la macumba, j'ai songé à me suicider, voire à assassiner Stein. L'idée de l'homicide m'a habité jusqu'à la générale. J'en jouissais, de cette rage. Goneril et Régane, les mégères de filles du monarque sans trône, avaient pour moi la tête de Stein ; j'ai projeté sur elles toute ma haine, faisant comme ça de sacrés progrès, trop même. Un ingrat, qui n'avait pas monté une pièce depuis dix ans et plus. Un paria que j'avais rappelé de sa cambrousse de Corrêas, où s'étaient réfugiées les promesses du théâtre des années 80, vu que l'humanité était incapable de comprendre ses élans de créativité.

Et toi, tonnerre, que tout ébranle,
Aplatis l'épaisse rotondité du monde !
Fracasse les moules de la Nature, disperse d'un seul coup tous les germes
Qui font l'homme ingrat !

L'horreur que j'avais conçue pour cette mise en scène n'était qu'un de mes soucis. Les décors et les costumes, confiés à deux grandes folles inséparables travaillant toujours main dans la main, parachevaient mon cauchemar. Pour le mur du château fort que l'une avait imaginé, on avait abattu une forêt entière d'essences rares. Les fûts massifs de la structure étaient si lourds que j'ai dû appeler un ingénieur pour renforcer les solives qui étayaient la scène. Enfin, la scène… un théâtre de centre commercial aux faux airs de Cornouailles. Ça, un décor ? J'insistais, mais le créateur voulait de l'authentique. Avec l'argent des autres, c'est facile. Je lui beuglais dessus et il est sorti vexé, comme si je n'étais qu'un bobo coincé, insensible à l'ivresse de son inspiration. Le fossé rempli d'eau a mangé les trois premiers rangs devant la scène, ce qui grevait d'autant la recette, pour qui était payé au pourcentage. Le spectacle pour enfants du week-end exigeait qu'on démonte notre cirque deux fois par semaine, et qu'on décompte de notre salaire celui de trois zigotos. Outre ces zouaves, quatre incompétents en coulisses se relayaient à la régie. Stein voulait du réalisme et a ajouté deux banquets à l'original. On dépensait dix poulets fermiers par représentation, sans parler du pain, des fruits et des légumes achetés à prix d'or à l'épicier du coin, et qui pourrissaient à l'envi dans les loges. Une odeur insupportable. Dans les scènes où Lear était chassé par ses filles, le portail se refermait par un système de chaînes. On a perdu une semaine à installer la machinerie. La poésie pouvait se brosser, Stein voulait de l'effet. Dans la scène de bataille, j'ai tenté de l'en dissuader, mais le lascar s'est obstiné à allumer les torches murales sur des parois couvertes de polystyrène similipierre. J'ai engagé un pompier prêt à intervenir. Stein a exigé que Cordélia, à sa mort, tombe nue dans les bras de son père. C'était une actrice très mignonne, que Stein avait à tout crin essayé de sauter, en vain. Elle avait du plomb dans la cervelle, la gamine. Le dimanche après la première, le pompier n'a pas résisté à l'appel de ses hormones et a osé une main entre les nichons de la fille. J'ai renvoyé le taré. Celui qui l'a remplacé ne la matait que de biais et j'ai demandé à la comédienne de tenir bon. Après avoir assisté à une adaptation russe de la pièce au cinéma, Stein a décidé de situer l'intrigue à l'âge de pierre. La trouvaille a donné des orgasmes au costumier, qui nous a gratifiés d'une collection de peaux de mouton – il aurait voulu de l'ours, mais s'est résigné au mouton. On dégoulinait de sueur dans la chaleur de février avec nos capotes en laine sur le dos. On a levé le rideau juste après le Carnaval, la clim ne pouvait rien contre la torpeur, et comme ils ne la branchaient qu'au moment du filage – *Économie, économie, Horatio* –, deux acteurs ont fini à l'hôpital, ce qui compliquait encore plus la dernière ligne droite.

La vieille critique du principal journal de Rio a descendu la tragédie. Spécialiste de Shakespeare, la dame de fer gagnait sa vie en allant voir les pièces de boulevard brésiliennes. Capable d'excuser les comédies débiles, elle était prise d'une férocité cruelle quand elle écrivait sur ceux qui, comme moi, se risquaient aux classiques. Elle commençait avec mon épitaphe pour finir son compte-rendu en accusant les lois d'exonération qui permettaient qu'un désastre comme le nôtre en vienne aux voies de fait. La dépression s'est emparée de la troupe. Nous avions encore six mois devant nous et un contrat signé avec un sponsor qui prévoyait une tournée à São Paulo. À Rio, nous avons fini le cataclysme salle vide, j'ai enfourné le château fort dans quatre camions de déménagement et nous avons roulé vers les hauteurs paulistes.

São Paulo. À São Paulo, la faiblesse a achevé de m'abattre.

L'entreprise de BTP qui avait parrainé le spectacle a voulu célébrer ses cinquante années d'existence en invitant ses employés à la première. Au foyer, avant la représentation, on leur a servi des raviolis aux cèpes avec une crème quatre fromages, le tout arrosé d'un rouge du sud du pays. Après un vendredi de labeur, les convives s'en sont mis plein la lampe. Le rideau à peine levé, les premiers ronflements ont résonné. Comme les pauses dramatiques amplifiaient la symphonie de Morphée, nous les avons autant que possible écourtées. Nous expédiions les répliques – et plus nous avalions le texte, plus la pièce se traînait. Un amer supplice, nous mijotant à petit feu, insupportable. Quand les lumières se sont rallumées pour les saluts, nous avons patiemment attendu que la moitié de la salle réveille l'autre et nous concède ses bâillements et applaudissements apathiques.

Le quotidien du matin, au hit-parade des abonnements, a témoigné de la débâcle. Un critique devrait avoir assez de compassion pour éviter le soir dévolu au sponsor, mais celui-là ne s'est pas retenu. Lui comme les autres, jamais.

Comparé au compte-rendu de São Paulo, celui de Rio prenait des airs de consécration. Au bas de la quatrième page du cahier culturel, coincée entre les comics et l'horoscope, une petite photo en noir et blanc, moi à quatre pattes, avait pour légende : LE CAUCHEMAR D'UNE NUIT D'ÉTÉ. L'expert ouvrait son analyse sur une liste d'acteurs dévorés par l'ambition d'être plus grands qu'ils n'étaient, de fait. Dans mon rôle, je ne faisais pas le poids, décrétait-il, avant de conclure que même le personnage de Roméo m'aurait mieux convenu. Regrettant de ne pas avoir choisi *Macbeth*, j'ai projeté de faire sauter la rédaction, et lui avec. Il avait la trentaine, l'oiseau de malheur, et partageait avec ses confrères du journal le complexe de la bâtardise. Les cinq misérables paragraphes n'épargnaient rien : le casting, la mise en scène, les lumières, le décor, les costumes ; seul le Fou, joué par Arlindo Correia, est sorti indemne du massacre. Vieil acteur de théâtre qui, comme nous tous, gagnait son pain à la télé, Arlindo avait joué dans des versions historiques, travaillé avec Kusnet, Ziembinski, et fait partie du chœur du Théâtre Arena. Il a brillé dès la première lecture, sachant être ironique et tragique quand il le fallait. Au cours des répétitions, j'ai dissimulé du mieux que j'ai pu ma jalousie, je savais qu'il s'en sortirait mieux que moi, mais il n'avait pas à porter à bout de bras la production. J'ai éludé la vérité autant que j'ai pu, jusqu'à ce que je la lise noir sur blanc dans ce journal qui se prenait pour le *New York Times*. Je me suis mis à l'éviter, j'ai arrêté de le saluer. J'arrivais tôt au théâtre, je grommelais un bonsoir inaudible et filais droit dans ma loge. Mon soulagement, si on peut appeler ça soulagement, c'était d'écouter les malheurs de Lineu Castro qui ajustait sa barbe blanche.

Lineu était un acteur merveilleux, névrosé mais merveilleux. Il avait des problèmes sexuels terribles, il était resté puceau jusqu'à ses vingt-huit ans et avait dû baiser sa femme deux fois dans sa vie. Or, à une de ces occasions, il lui avait fait un môme. Lineu était hypocondriaque et ne se douchait qu'exceptionnellement. Personne n'avait voulu partager sa loge. Nous nous sommes retrouvés ensemble devant le miroir, moi qui devais l'écouter se plaindre de sa vie de misère, aux côtés d'une femme laide et d'un fils à la dérive. Le malheur l'avait doté d'une sensibilité rare chez un acteur. Loin d'être mû par la vanité, il était animé d'une connaissance intime de la mesquinerie humaine. C'est ce qui nous avait amenés à lui confier le rôle de Gloucester, le père trahi par son fils bâtard, le méchant Edmund, qui intrigue contre le fils légitime, Edgar, pour usurper le pouvoir.

Les tourments ont commencé un samedi, quinze jours après la critique dévastatrice. J'ai marmonné mes répliques en pleine bourrasque, essayant de me garder un filet de voix pour la fin du spectacle. Vraiment personne ne m'entendait. La troupe s'est retirée en emportant ses fameuses plaques, j'ai soupiré de soulagement, Arlindo, le Fou, et Claudio Melo, le duc de Kent, m'ont conduit jusqu'au tronc qui simulait une cabane. Côté jardin ont surgi Lineu et Paulo, Gloucester et Edgar, le groupe des nobles parias. Paulo Macedo, le jeune premier – un excellent acteur que personne ne prenait au sérieux parce qu'il avait enchaîné trois rôles de demeuré dans les feuilletons –, avait relevé le défi, croyant que le théâtre changerait le cours de sa carrière. Eh bien non. Il a demandé à être remplacé juste après la première de la saison à São Paulo. La télé l'avait convoqué pour jouer dans le feuilleton de 19 heures, et son contrat à vie l'empêchait de refuser. Il a bien fait, parce que s'il était resté avec nous, nous aurions mis la clé sous la porte avant de le remplacer. À supposer même que nous ayons perduré : face au feuilleton de 19 heures, que pèse une pièce de Shakespeare ?

Paulo et Lineu sont entrés, affublés des couches de fakir que le costumier avait créées pour la scène du précipice, celle où le fils honorable sauve du suicide son père aveugle. Lineu avançait à tâtons vers moi, les yeux retournés jusqu'au blanc pour dire sa cécité. Je craignais que ça finisse en décollement de rétine, mais il était de ces comédiens qui allaient jusqu'au bout, qui aiment à s'immoler pour le rôle. La paire croise le trio, composé du roi, du Fou et du duc, perdus dans l'immensité glacée de la Cornouailles.

C'est là que c'est arrivé.

Gloucester a surgi, porté par Edgar. Le visage douloureux du jeune acteur, tenu de supporter la pestilence du collègue rétif aux douches. Nous avons tenu encore un bon bout de scène, jusqu'à ce que Paulo donne la réplique, *Pillicock se percha sur le mont Pillicock ; haloo, haloo, loo, loo !*

et sorte en battant des ailes telle une poule afin de passer pour fou.

J'ai été sujet à une expérience extracorporelle.

Mon âme s'est mise à divaguer et moi à contempler à distance le bel éphèbe, vêtu de couches, qui singeait une volaille emplumée. Je me suis dit : Quelle ne serait pas ma tristesse de voir mon fils s'humilier de la sorte. Dans le public, ceux qui ne dormaient pas paraissaient eux aussi atterrés. Je me suis tourné vers le malheureux Lineu, les yeux révulsés avec des airs de Carmen Miranda, et j'ai eu pitié de Claudio, noyé dans sa houppelande de mouton, les tempes ruisselant de sueur. Pour ça et le reste, j'ai prié *in petto*. Pour ce train d'où je voulais descendre.

Envolé les couches, les couches et la cécité simulée, fini le jeune premier écœuré par les humeurs du partenaire, les coups de tonnerre du réalisateur génial, l'aphonie, moi à quatre pattes dans le placard de Copacabana, les relents de poulets, le pompier obsédé, la critique dévastatrice, le public stupéfait, la billetterie à zéro, le shopping excité par les soldes d'hiver, la conscience qui vous trahit, la fragilité du métier. Mon attention s'est concentrée sur le rideau de velours mité, je me suis souvenu de combien je détestais la Régane cabotine d'Ivete Maria et ai regretté ce délire idiot qui m'avait conduit à me hisser jusqu'à Lear. Un monsieur au premier rang a été pris d'une quinte de toux et sa femme a ouvert son sac pour y chercher une pastille. Le froissement du papier bonbon est venu s'ajouter aux spasmes du mari, quelqu'un dans la salle a lancé un *chut* grincheux. Mon diaphragme a perdu sa tonicité, l'air est remonté du pharynx vers la bouche, provoquant une moue des lèvres. J'ai voulu dissimuler mon rire. *Cette nuit glacée va tous nous changer en fous et déments*, a dit Arlindo ; *Prends garde au noir démon*, a repris Paulo, et tous deux se sont tournés vers moi. Je devais dire quelque chose, mais quoi ? Quoi ? Je ne savais même plus dans quel acte nous étions. Le blanc total. Je me suis tenu immobile, sans souvenir du personnage, incapable d'ébaucher une réaction. Quelqu'un a chuchoté la réplique, que j'essayais de répéter, mais n'est sorti qu'un filet de voix, étranglé par le rire que j'étouffais. Sur le visage des quatre andouilles se lisait la panique. J'ai explosé. J'ai éclaté de rire, pleutre, vaincu, envahi d'une joie potache, démente, diabolique. J'ai feint la folie une seconde, retrouvant la gravité du barde, mais c'était pire, le rire est remonté avec une force décuplée, bruyante, d'une puissance qui m'a fait me plier. Les mains sur les genoux. Pardon. J'ai imploré Lineu, Paulo, le public. Pardon.

L'imagination de l'acteur est une matière fragile. Contorsionné au milieu de la scène, je cherchais un signe, un souvenir qui mette fin à ce prurit. Mes dettes, la peur du cancer, ma carrière calamiteuse, le jingle de Médecins sans frontières ; mais la mimique sadique, inhumaine, ne disparaissait pas : elle était là, ferme, indifférente aux appels de la raison. Plus d'une fois je me suis repris, un comédien n'a pas le droit, pour les autres, de quitter le navire, mais il me suffisait de recroiser les couches du regard pour sombrer dans l'abîme. Baissez, baissez, baissez le rideau, ai-je supplié. La rumeur de la salle allait croissant, mes camarades sont venus à la rescousse, quelqu'un m'a apporté un verre d'eau. Ça va passer, ai-je dit, ça va passer. Je respirais par à-coups devant la troupe éberluée. Le public s'est mis à applaudir en cadence, exigeant mon retour. À l'agonie, j'ai amorcé un traitement rageur, j'ai fait des sauts de kung-fu dans l'espace, donné des coups de pied et de poing dans le vide. Moi me battant avec moi-même. Mes compagnons ont été très respectueux du moment. J'ai poussé un cri primal, puis un autre, j'exorcisais la chose comme je pouvais, jusqu'à me ressaisir. Je me suis arrêté, grave, pantelant. J'ai tenu cet état de sobriété deux, trois, quatre secondes... C'est passé, leur ai-je promis, c'est passé. Solennellement, je suis revenu au milieu du plateau. Lineu, Arlindo, Claudio et Paulo ont repris leurs marques, et j'ai ordonné de relever le rideau. Le velours a bougé lentement, la poussière dansait dans le contre-jour des projecteurs, le silence s'est installé pour reprendre l'action. Que c'est beau, le théâtre.

Ça n'a pas duré.

La crise a repris, je ne sais même pas comment nous sommes parvenus à la fin. Le lendemain de nouveau, trois tentatives se sont succédé, un enchaînement sidérant de levers et de baissers de rideau. J'ai fait suspendre la séance, j'ai remboursé le public et suis sorti du théâtre dans les habits du roi Lear. La nuit, allongé dans la chambre du modeste hôtel, le seul à avoir accepté un échange, j'ai pleuré toutes les larmes de mon corps, jusqu'à en tomber raide. Je me suis réveillé terrifié, sachant que le soir, j'aurais à affronter Lineu et Paulo en couches, et le poulet. Durant tout le spectacle j'étais pris de sueurs froides, assailli de coliques d'angoisse. Passé la tempête, Claudio et Arlindo m'ont conduit jusqu'au tronc qui se voulait une cabane et Paulo est arrivé avec Lineu sur le dos. J'ai essayé de ne pas les regarder, j'ai joué le dos tourné, mais comment me boucher les oreilles ? *Pillicock se percha sur le mont Pillicock ; haloo, haloo, loo, loo !* Nouvelle explosion. Encore une nuit de fichue. On pleurait dans les loges. Le problème était chronique. J'ai demandé à changer les costumes, mes camarades ont revêtu des hauts-de-chausses. C'était pire. Les couches étaient toujours là en mémoire. Nous avons coupé le passage du poulet, mais le pli était pris. Il suffisait maintenant que je m'asseye sur le tronc pour que mes poumons me trahissent. Il m'a fallu trois semaines et une note dans la presse pour que je jette l'éponge. Mon dernier faux pas a eu lieu devant une salle de vingt-deux entrées payantes. Je riais d'emblée, sans pouvoir me retenir, pour n'importe quoi. J'ai interrompu le premier acte aussitôt après qu'Ivete Maria a déclaré combien elle aimait son père. Elle était trop mauvaise, on aurait dit qu'elle était doublée. J'ai regardé Arlindo, il a incliné la tête et s'est mis à trembloter. C'était contagieux. Quand nous avons baissé le rideau pour la dernière fois, la troupe était pliée en deux, contaminée par les doutes qui avaient commencé avec moi. Je suis allé à l'hôtel pour oublier. Dans la pénombre de la chambre, je n'ai même pas pris soin de compter les gouttes de Rivotril que je me suis avalées, l'aventure m'avait immunisé. Je me suis couché dans le lit avachi de l'hôtel et ai planifié la suite. Je retirerais mon épargne à la banque, le reliquat de mon dernier contrat avec la télé, je paierais ce que je devais à l'équipe, les pénalités du théâtre, les annonces déjà réservées, les billets d'avion, j'écrirais à mon sponsor une lettre battant ma coulpe et j'irais personnellement à Brasilia faire mon *mea culpa* auprès du ministère. J'aurais abandonné le métier si j'avais su vivre d'autre chose. Un restaurant, une auberge à la montagne, peut-être à Paraty. Oublie, me suis-je dit, demain je verrai bien ce que je fais de moi. Je me suis évanoui dans les draps en nylon, bercé par l'auteur.

Ne tourmentez pas son âme. Oh ! laissez-le s'en aller. C'est le haïr
Que de vouloir sur le chevalet de tortures de cet âpre monde
L'étirer plus longtemps.

Ainsi finit hilare le roi Lear.

Le téléphone n'arrêtait pas de sonner. Je me suis réveillé de guingois et j'ai mis un temps à réaliser où j'étais. J'ai crié : Voilà, à l'attention de personne, et me suis levé en titubant. Sur la banquette, devant le miroir, les cernes du roi m'ont dévisagé. Au souvenir de l'horreur, je me suis effondré. J'étais encore là, maquillé, égaré entre un monde et l'autre. La sonnerie insistait et j'ai lancé un autre *voilà*, énervé, en retournant la chambre jusqu'à trouver l'appareil oublié derrière le canapé. J'ai décroché. C'était un appel de Rio. Une voix grave s'est présentée comme le sous-commandant Melo, du 17e régiment des pompiers de Copacabana.

Les catastrophes arrivent en chaîne.

Une dame blanche, dans les quatre-vingts ans, aux cheveux blond platine, avait été retrouvée nue, presque noyée, sur la plage devant la rue Miguel Lemos. Sur son portable, retrouvé parmi les effets personnels jonchant le sable, ils avaient localisé son dernier appel. Connaissez-vous quelqu'un du nom de Maria Amélia Pires Cardoso ? Oui, ai-je répondu, c'est ma mère, elle va bien ? Ça ira, elle est hors de danger, mais un peu confuse, a dit la voix. Nous l'avons emmenée aux urgences de l'hôpital Miguel Couto, a continué la voix. Je suis à São Paulo, je suis fils unique, ma mère est veuve, ai-je expliqué en réalisant que j'étais moi-même orphelin. Un parent, un voisin, qui pourrait lui venir en aide ? Non... non... J'ai pensé à tante Neusa, mais j'y ai aussitôt renoncé. J'ai promis de prendre le premier avion et j'ai raccroché en état de choc.

Ce bon vieux manque d'air.

Je me suis assis sur le lit, j'allais débloquer, mais je n'avais plus l'âge pour ça, je devais faire face. J'ai trouvé un sac en papier par terre, j'y ai enfourné mon nez et ma bouche et ai commencé à respirer d'un rythme régulier, j'avais vu ça dans un film, ça marcherait peut-être. Le papier s'est gonflé et dégonflé plusieurs fois, tandis que j'essayais d'organiser mes idées. J'ai écrasé le sac et l'ai jeté au loin, au diable l'asthme nerveux. J'ai voulu prendre une douche, mais ça semblait futile. J'ai retiré le maquillage dégoulinant à l'aide de la petite savonnette du lavabo, j'ai réuni tout ce que j'ai pu trouver dans les poches de ma veste et suis sorti halluciné, laissant pour mon retour les factures de l'hôtel, la troupe, le théâtre, la carrière, mon avenir. Taxi, Congonhas !

Au total, il m'a fallu cinq heures pour aller de São Paulo à ma destination. Les bouchons, le trafic aérien, les turbulences, la panique. Je suis arrivé en capilotade au Miguel Couto. Les urgences étaient bondées, les couloirs n'étaient que sang et gémissements. De la souffrance pour de bon. J'ai été saisi d'une terrible culpabilité quand j'ai vu ma mère allongée sur la civière, derrière un rideau crasseux. Quand elle m'a vu, elle a ouvert les bras avec un sourire de soulagement. Je l'ai serrée contre moi et elle, accrochée à mon cou, a murmuré qu'elle savait qu'un jour je reviendrais la chercher. Et elle m'a embrassé sur la bouche. J'ai trouvé tout ça étrange, le baiser, le commentaire, mais je n'ai pas voulu m'étendre. J'ai signé les papiers pour sa sortie et filé au Samaritain. Sur la route, j'ai pris un rendez-vous avec le médecin de la famille. Ma mère m'a suivi, la tête ailleurs, en me tenant dans ses bras, elle admirait le reste de lumière qui entrait par la fenêtre arrière du taxi. Moi, pour ma part, j'étais tendu, ne songeant qu'à elle et à moi.

D. Maria Amélia était une vieille dame indépendante, elle vivait seule et mettait un point d'honneur à n'être une charge pour personne. J'avais remarqué chez elle, récemment, un changement de comportement, elle confondait parfois les dates, oubliait la mort d'amis, mais rien qui impose de nouvelles dispositions. Il en était maintenant autrement. Le médecin qui m'a reçu aux urgences du Miguel Couto, une femme, m'a recommandé de consulter un neurologue.

À hauteur du Jardin Botanique, ma mère s'est redressée sur la banquette, a regardé la rue inquiète et s'est tournée vers moi. Elle m'a demandé qui irait chercher le gamin à l'école. Quel gamin ? ai-je interrogé. Comment ça, quel gamin ? a-t-elle dit, le nôtre. Mon cœur s'est glacé, une alarmante sensation d'abandon. Le taxi venait de passer devant mon ancienne école, près du Parque Lage, on l'avait démolie pour y ériger un monstrueux immeuble en verre fumé. Maman, ai-je argumenté, ton fils, c'est moi. Son visage s'est décomposé. Elle m'a regardé effarée, puis elle s'est retournée, comme pour essayer de vérifier que l'école existait toujours, mais le taxi a poursuivi sa route en laissant le problème derrière nous. Insaisissable, elle est restée immobile un instant. Puis elle s'est blottie dans mes bras sans revenir sur le sujet. Terrifié, je me suis tu à mon tour.

Nous sommes arrivés à l'hôpital Samaritain en début de soirée. L'équipe de neurologie, qui devait décider de la suite à donner aux examens, ne s'est présentée qu'à dix heures passées. Ma mère a disparu avec une ribambelle de médecins et je suis allé m'asseoir à la cafétéria pour essayer de rappeler une âme chrétienne qui puisse venir me sauver. J'ai avalé trois expressos d'affilée, j'avais besoin de ça. Mon mariage de quinze ans avait mal fini, Marta avait quitté la maison après une dispute dégradante. Nous ne nous étions plus jamais reparlé. L'absence d'enfants avait permis de rompre sèchement, sans regrets, ce dont j'avais l'habitude de me vanter. Maintenant, moins. Ma mère aimait bien Marta. Notre ancienne bonne, au service de la famille depuis mon plus jeune âge, était morte il y avait deux mois d'un infarctus. J'ai pensé que l'absence de celle qui avait été la compagne de toute une vie avait dû contribuer à la confusion soudaine de Maria Amélia. Tante Neusa, la sœur cadette de mon père, et mes cousins, ses enfants, étaient les seuls parents vers qui j'aurais pu me tourner. Ma mère, fille unique, n'avait personne. Je ne les avais pas revus depuis que ma grand-mère, une petite *mineira*[1] presque centenaire, était partie à l'ouest. Tous habitaient encore là, à la Tijuca de toujours, mais je n'aurais pas su quoi leur dire ni demander. J'ai même sorti mon téléphone de ma poche, mais finalement je n'ai pas pris le risque. Au lieu d'appeler, j'ai fait ce que je n'avais pas fait depuis plus de deux ans, j'ai tapé une cigarette à mon voisin de table,

1. De l'État du Minas Gerais. (*Toutes les notes sont du traducteur.*)

j'ai demandé du feu au voiturier et j'ai ressenti un infini soulagement en avalant la fumée toxique. Qu'il est bon de se tuer à petit feu, ai-je pensé, conscient d'être, sans enfants, responsable de l'extinction totale de mon espèce.

J'ai mal dormi dans le convertible pour les visiteurs. Ma mère s'est réveillée radieuse. Quand elle m'a vu sortir de la salle de bain, elle m'a demandé un baiser pour débuter la journée. J'ai répondu par une accolade, j'avais peur d'elle. Maria Amélia a tendu sa bouche, moi ma joue, le duel à fleuret moucheté a duré trois interminables secondes, jusqu'à ce qu'elle me demande si quelque chose clochait entre nous. J'ai pensé lui répéter que nous n'étions pas mariés, mais je n'ai pas voulu la perturber. J'ai endossé le rôle de mari et ai répondu par un *c'est rien* ambigu, en prétextant que je ne m'étais pas brossé les dents. Elle a ri avec légèreté. L'infirmière est arrivée pour me délivrer et nous épargner des embarras croissants. À la cafétéria, je me suis concentré sur les funérailles d'un autre sénile, mon roi Lear.

Livrée aux lions, Milena, la productrice, a décroché son portable en hurlant. Les acteurs avaient été interceptés à la sortie de l'hôtel, et leurs valises retenues, dans l'attente d'un règlement. Un barrage s'était formé à la réception. Où tu étais passé, Mario ? Lineu a eu une crise dans le salon de l'hôtel, a-t-elle ajouté, abasourdie. La troupe la harcelait de protestations. J'ai raconté le tour que ma mère m'avait joué, j'ai expliqué que c'était dimanche, que je n'avais aucun moyen de transférer de l'argent. J'ai promis d'essayer, mais c'était des placements. Appelle le gérant, lui ai-je demandé. L'homme a écouté patiemment et a répondu qu'il était navré, mais que les bagages ne seraient rendus qu'une fois les prestations acquittées. La productrice a repris le téléphone, elle craignait que Paulo, le séducteur du feuilleton de 19 heures, ne la frappe. Il vaut mieux que tu lui parles, a-t-elle dit. Une voix grave, de mâle offensé, a retenti à l'autre bout de la ligne. Il a proféré des ignominies. J'ai tenté de l'apitoyer, mais Paulo a préféré m'insulter ; je n'ai pas supporté, je lui ai raccroché au nez et suis sorti me calmer. J'ai tapé ma deuxième cigarette en moins de vingt-quatre heures et ai réessayé d'effectuer le transfert, en vain. Il me fallait éteindre l'incendie à São Paulo, mais ici les médecins menaçaient de renvoyer Maria Amélia chez elle. J'ai inhalé la fumée jusqu'au fond de mes poumons, pour que les bouffées de nicotine atteignent la racine des alvéoles, et j'ai médité sur les turpitudes de la vie.

À mes débuts, j'ai été heureux, j'avais vingt ans. Et même à trente, quand j'ai abandonné le théâtre pour enchaîner les succès à la télé. Célèbre, j'ai connu l'apogée de mon arrogance. J'ai sauté bien des filles, dépensé plus que de raison, j'ai humilié les sous-fifres, cru à mon destin. Maintenant, c'était fini. Les contrats grassouillets ont fait de moi un acteur paresseux. Avec le temps, j'en ai eu marre de la routine des tournages et j'ai accepté des rôles secondaires. Un jour, un jeune acteur, le génie du moment, a lorgné mon ventre rebondi, mes rides mal dissimulées et m'a susurré, avec une pointe de sourire :

— Tu sais, Mario, c'est prouvé, il existe une vie en dehors de la télé.

Je me suis senti humilié par les certitudes de la puberté. Pourquoi ne pas relever de nouveaux défis ? me suis-je dit. Dans l'entre-deux-âges, un homme se néglige et commence à douter. Les femmes aussi, mais elles au moins doivent affronter les bouffées de chaleur cycliques, les dépressions hormonales, qui justifient leurs choix abracadabrants. L'homme, non, lui reste pareil à ce qu'il a toujours été, en pire, c'est tout, chaque fois un peu plus, il se rince les cheveux en cachette avec des après-shampooings tonifiants et tombe éperdument amoureux de gamines qui pourraient être ses filles. Les femmes sont plus réalistes. La nature ne leur laisse pas le choix.

J'ai commis la folie de démissionner. La suite est connue. Le résumé du grand œuvre. Moi ici, à la porte de l'hôpital, mal marié à ma mère, à devoir ce que je n'ai pas à cause de l'ambition mal travestie d'être le Laurence Olivier de la forêt vierge.

La tête sous l'eau, c'est à peine si j'ai remarqué l'arrivée du médecin. La cigarette, ça n'aide pas, a-t-il dit de cette supériorité propre aux blouses blanches. J'ai agi comme un môme pincé par le pion du collège et j'ai jeté mon mégot par terre. Il a ri d'un air de reproche. Honteux, j'ai ramassé mon reste de clope et cherché la poubelle la plus proche. L'entrevue n'a pas traîné. Le diagnostic était préoccupant. Maria Amélia souffrait d'une dégénérescence cérébrale, mais pas d'Alzheimer, qui irait en s'aggravant. Elle ne sentira rien, m'a assuré le médecin, c'est pour les autres que c'est le plus pénible. J'ai voulu le prendre dans mes bras, pleurer sur l'épaule d'un ami, mais les médecins repoussent ce genre d'auto-apitoiement. Je m'en suis tenu aux questions objectives. Ma mère n'arrête pas de me confondre avec mon père, je ne sais pas comment me comporter, lui ai-je avoué, je ne veux pas la voir malheureuse. Faites ce qui est le plus confortable pour elle et pour vous, a répondu vaguement Dr Je-Sais-Tout. Juste, ne la laissez pas seule, a-t-il conclu.

Il suivait d'autres cas, semblables ou pires que le mien. J'ai réussi à lui faire ajourner au lendemain la sortie de ma mère. À peine le médecin avait-il tourné le dos que j'ai couru au premier bistro m'acheter un paquet de cigarettes et me suis remis à fumer comme un pompier. Le portable vibrait de façon hystérique, c'était la productrice. Personne n'avait de mère dans cette troupe ? Je n'ai pas répondu, j'ai suivi le conseil d'un ami : quand quelqu'un vient te trouver pour un problème, tourne les talons et déguerpis. Fidèle à la maxime, j'ai oublié São Paulo et me suis concentré sur Tijuca. Tante Neusa était mon seul espoir de trouver quelqu'un pour s'occuper de Maria Amélia à Rio, le temps que j'éteigne l'incendie du *Roi Lear* à São Paulo.

Je suis sorti de l'hôpital en fin d'après-midi, peu après le début du match Vasco-Flamengo au Maracanã. C'était le meilleur moyen d'éviter les embouteillages : le moment qui précède le départ du ballon sur la pelouse est impossible. J'aurais pu partir plus tôt, mais je ne voulais pas prolonger la visite qui m'attendait. Il y avait plus de trois ans que je n'avais pas vu la famille. J'avais peur de ce que je trouverais.

J'ai pris un taxi et nous avons roulé vers le tunnel Rebouças.

Rebouças, c'est une longue courbe sans lumière naturelle ; l'entrée disparaît, l'issue ne se laisse pas entrevoir. Quand nous y avons pénétré, les lumières jaunes ont fait la transition entre le jour et l'épaisseur des ténèbres. En moins d'une seconde, j'ai senti le poids des tonnes de pierres sur ma tête, les couches de roches entre moi et le Christ. J'étais certain de l'éboulement. Mon angoisse ne datait pas d'hier, elle remontait au temps où le viaduc s'était effondré. Je me préparais à déjeuner chez ma grand-mère, quand les premières images sont passées à la télé.

Tout un tronçon du viaduc Paulo de Frontin s'était écroulé sur les voitures roulant à Catumbi. Une demi-heure plus tôt, et c'était moi que l'horreur frappait. Depuis, j'ai contracté une peur panique de la traversée qui relie la Zone sud et la Zone nord, une peur qui, au fil des ans, s'est concentrée sur le tunnel. La sensation d'asphyxie ne m'a plus jamais quitté. J'évitais d'ordinaire le trajet, mais ce jour-là, vu l'urgence, j'ai décidé de braver le danger.

Le taxi m'a déposé au bout de l'impasse qui se cachait derrière la station Saens Peña. Tante Neusa jurait que la place, avant la tragédie du métro, était le poumon de Tijuca. Mais depuis qu'ils ont creusé ce trou, la poussière poisseuse et la chaleur étouffante se sont imposées de janvier à décembre, interdisant la présence d'une vie intelligente dans l'Ipanema de la Zone nord. Les arbres sont morts, les cinémas ont fermé, le snack Palheta, Sears le grand magasin, les vestiges des années 50 ont fait place aux cubes en béton ordinaire, aux bouchons et aux marmots armés de bouts de verre.

Au moment de régler la course, le chauffeur a voulu une photo, il était fan de moi. J'ai souri à contrecœur, il a pris un selfie et j'ai claqué la portière. J'étais en colère, j'avais des raisons pour ça. Le type a fait marche arrière en se sentant insulté, il avait mis des autocollants sur la vitre demandant de faire attention, mais rares étaient les passagers qui se souciaient des frais d'entretien du véhicule. En tout cas pas moi. J'ai poussé le petit portail et foulé le dallage où j'avais passé la majeure partie de mon enfance. J'ai emprunté l'escalier de service, un labyrinthe étroit faisant le tour du bâtiment de quatre étages. Les marches irrégulières rendaient la montée éprouvante, même pour des jambes d'adulte. Une fois dépassé le haut mur d'enceinte, j'ai aperçu le ruisseau, un égout à ciel ouvert qui délimitait l'arrière du petit bâtiment. Enfant, j'avais l'habitude de m'exercer à jeter des pierres sur les gros rats qui traversaient la route en quête de soleil. Ils étaient toujours là, plus nombreux qu'avant, mais la végétation avait reculé et une canalisation récente avait cimenté le ruisseau dans la portion avoisinant le lotissement de devant.

Tante Neusa a surgi du séjour. En se retrouvant face à moi, elle a sursauté comme une enfant, devant son neveu qu'elle ne voyait plus depuis des lustres. C'était la « dernière de la marmite », aimait à répéter ma grand-mère. Elle était née contre toute attente, mon père entrait déjà dans l'adolescence. Elle avait quinze ans de plus que moi, mais faisait bien plus. Malgré ses cheveux blancs et sa bouche édentée, ma tante avait toujours son air de gamine, elle portait un short serré en lycra qui descendait jusqu'aux genoux, des socquettes et un t-shirt Unimed. Passé la surprise, elle m'a invité à entrer. Nous sommes allés vers la table de la salle exiguë, elle s'agrippait à mon bras, aux anges d'avoir quelqu'un à qui faire la causette.

L'ancien bureau de mon grand-père, converti en chambre sous la pression des générations, était la seule reliée directement au salon. J'ai deviné la présence de ma grand-mère dans la pénombre de la porte. Ça m'a bouleversé. J'étais très impressionnable.

Après m'avoir offert la chaise, tante Neusa est repartie dans la cuisine en débitant une palilalie stridente, un mélange de *Quand vas-tu rejouer dans les feuilletons ?* et de *Matias a gagné une médaille à la natation*. J'ai demandé de l'eau pour occuper Baby Jane, c'est comme ça que je l'appelais, et je n'ai pas décollé mes yeux de la fente obscure. Elle est revenue avec les verres, en égrenant l'emploi du temps du petit-fils : anglais, judo, foot. Une ex-petite amie de son fils qui, lui, avait dans la trentaine, n'avait pas voulu élever le gamin. Pire encore, la grand-mère a dû s'occuper des cahiers de devoirs, de la douche et des remises de prix de fin d'année. Avec ses enfants, tout était allé de travers, mais maintenant, avec le petit, elle renouait avec l'espoir que la vie serait un fleuve tranquille. La conversation avait roulé sur l'état de l'ancêtre. Le visage résigné, la fille décrépite a fait défiler sa journée.

— Elle s'est réveillée à neuf heures, affamée, je lui ai donné sa bouillie, son Imosec et elle s'est rendormie. À midi, elle s'est plainte de nausées, mais elle a avalé un peu de bouillon et accepté une demi-poire. Il n'y a pas longtemps, je suis retournée la voir…

Tante Neusa a marqué une courte pause et j'ai eu la certitude qu'elle terminerait sa phrase par *et elle est morte*. Le manque d'air m'a serré à nouveau la glotte. Si c'est ça, me suis-je dit, je m'enfuis à toutes jambes et je me jette par la fenêtre. La piscine du Tijuca Tennis Club, les pick-up en bas, les carnavals de rue, les Coupes du monde, l'aurore de mes nostalgies, tout ce qu'un jour j'ai connu comme bonheurs, tout prenait fin ici, avec la Doris Day de la Tijuca, veillant sa défunte mère.

J'ai regretté d'avoir traversé le tunnel.

Tous mes parents morts s'étaient éclipsés en mon absence, tous sans exception. J'ai même échappé à l'AVC de mon père, qui a quitté ce monde quand moi j'étais tiré d'affaire, en tournée à Recife, où je faisais salle comble avec *Le Malade imaginaire*. J'ai toujours voulu croire que ma mère était immortelle. Et là, devant la phrase haletante de tante Neusa, j'ai craint qu'en cet après-midi fatidique le sort ne me rende responsable des premiers soins *post mortem* de la matriarche. Corbillard, cercueil, gerbe de fleurs, la parentèle. On m'aurait gardé ça ? Et les voisins, où sont-ils ? Et les cousins, qui eux ne fichent rien ?

— Il n'y a pas longtemps, je suis retournée jeter un œil, a-t-elle repris, et elle est réveillée. Tu veux aller voir ?

Mon soulagement d'avoir échappé à l'organisation des obsèques n'a pas duré une seconde et la frayeur de me retrouver face à face avec ce fantôme m'a totalement paralysé. Non, je ne voulais pas aller voir. Voir quoi ? La dernière fois que j'avais vu ma grand-mère, elle ne m'avait même pas reconnu. Qu'est-ce que je faisais là ? Ma tante se mettait en quatre pour s'occuper de sa mère. Maria Amélia, c'était mon problème. J'ai avalé une autre gorgée d'eau, je venais d'arriver, je ne pouvais pas repartir si vite. Impossible d'échapper au sépulcre. J'ai préféré faire semblant, c'était la seule issue moralement acceptable.

— Oui, j'aimerais bien la voir, ai-je répondu solennellement.

Grossièrement, j'ai tout fait pour que ma tante ouvre la marche, je tenais ses épaules courbées en arrière, comme pour me prémunir d'un danger. Nous sommes entrés. Le soleil de l'après-midi sur les persiennes baissées produisait des vapeurs de sauna turc. Tante Neusa a allumé la lampe. Pourquoi ne pas ouvrir la fenêtre ? J'étais à deux doigts de le suggérer, mais je me suis rappelé l'asepsie, la terreur des germes qui décidait des comportements de la famille. À sept ans, grippé, on m'a alité sous les couvertures. On a bouclé la maison comme contre la peste. Une douche ? Seulement en cas de fièvre ; pour éviter les coups de froid, me répétait-on. Mon état a visiblement empiré avec l'enfermement, jusqu'à ce que mes parents viennent me sauver à coups d'air frais. J'ai songé à en faire de même avec ma grand-mère, la sauver, l'emmener mourir à Prague, à Venise, des endroits dont Tijuca ne soupçonnait même pas l'existence. Mais non, je ne ferais rien de tout ça. Laissons Venise. Si Dieu est juste, me suis-je dit, dans une heure je serai de l'autre côté du tunnel, et ma grand-mère là où elle a toujours été, entre le métro de la place Saens Peña et la favela de Borel.

Tandis que je planifiais mon évasion, tante Neusa essayait d'établir une communication avec la malade, mais elle semblait absente. Les yeux creusés étaient tournés en dedans, comme s'ils admiraient un paysage invisible. À ma grande stupeur, elle souriait. Devinant une visite, elle s'est mise à marmonner des paroles confuses, non à sa fille ou à moi, mais à des êtres absents. À grand-peine, sa bouche flétrie a articulé une phrase. Elle voulait savoir si sa sœur avait transmis le message. Alzira a-t-elle fait passer le mot ? a-t-elle insisté. La fille a répondu que oui, le message avait été transmis, tout en se tournant vers moi et en me faisant signe qu'elle était zinzin.

Et elle s'est assise à deux pas du poste, craignant d'avoir raté les cinq secondes de gloire de sa progéniture. Carine, Marcelo et Cynthia, a-t-elle raconté, ont passé la semaine à Madureira, en quête des équipements. Pour attirer l'attention, le couple a choisi de grandes cornes et des perruques en nylon blondes et bouclées. Carine a récupéré le carton au supermarché et ça lui a donné l'idée. Elle a découpé l'écran, a agrafé des bretelles et est sortie en bikini, le ventre peint en vert, comme une pelouse.

— Est-ce qu'ils sont déjà passés ?

Son désespoir a ravivé mon anxiété. J'ai prié pour que Carine et Marcelo fassent irruption à l'écran. Devoir consoler tante Neusa serait encore plus accablant que de prier pour le repos de ma grand-mère.

Vasco a attaqué, mais ça n'avait aucune importance. La pauvre scrutait les taches des gradins à la recherche de chevelures dorées. J'ai rassemblé mes forces. Au moins, ça me dispense de faire la conversation, me suis-je dit, concentré sur le poste. Dix minutes obsessionnelles ont passé, tante Neusa n'a pas supporté le stress et elle s'est levée brusquement.

— Je vais appeler Alfredo.

Elle a ouvert le carnet d'adresses déplumé, suspendu à une cavité du couloir des chambres, où logeait le téléphone fixe. Elle a composé le numéro.

— Tu te souviens de lui ? Fredinho ? Celui qui habite rue José Higino... Elle allait continuer, mais quelqu'un a décroché à l'autre bout du fil : — Fredo ?! Je n'entends rien. C'EST MOI... TANTE NEUSA... !

Les amis de ses enfants l'appelaient *Tante*.

— On les a vus ? a-t-elle demandé chancelante. Dieu merci !

Et elle a fait signe que non de l'index. Puis elle a raccroché et repris son poste d'observation. Je me suis détendu sur le canapé en plastique et, dégagé de toute obligation de compassion, je me suis consacré au match. Comme j'étais supporter du Fluminense, j'ai choisi Vasco, même si le club était en train de perdre. Je décamperais au dernier coup de sifflet de l'arbitre.

Carine est sortie avec Rogério, s'est fiancée à Rogério, a mis sept ans pour épouser Rogério et moins de deux pour divorcer de Rogério. *Erreur fondamentale sur la personne*, a-t-on écrit officiellement. Ils se disputaient sans arrêt.

Comment c'est possible ? Une fois l'échec assumé, ma cousine s'est lovée à nouveau dans le mètre carré de la famille, avec son frère, son actuelle belle-sœur, son neveu et son ex, sa mère et sa grand-mère. La bière a remplacé le Nesquik, le feuilleton, le dessin animé, et la vie a repris comme avant.

Croissez et multipliez. C'est ce qu'ils ont fait.

Bien des fois j'ai envié le manque d'ambition, la réalité simpliste de ma famille, sa capacité à s'enthousiasmer pour les raisons les plus banales : des collections de capsules à la voiture de l'année, des corn flakes à la margarine gourmet. Ils suivaient religieusement le calendrier officiel, émus par les publicités de Noël, le début de feuilletons, les messages de Nouvel An et les défilés de carnaval. Ils idolâtraient Bernardinho, Ayrton Senna et Romário. Ils discutaient le nouveau générique de l'émission phare dominicale, le *Fantástico*. La joie de tous était aussi la leur, puisque, dans la pratique, ils n'avaient aucun motif propre de gloire.

Ça doit être agréable, comme ça, ai-je songé, entre le dégoût que m'inspirait leur état végétatif et la douleur d'avoir perdu l'innocence d'autrefois.

Au fil des ans, Tijuca, qui m'avait tant bercé, n'a plus été qu'un souvenir lointain, ne signifiant plus rien pour moi. Mais maintenant, en contemplant la vue depuis le balcon, les maisons basses qui gardaient encore leur élégance d'hier, rares survivantes de l'hécatombe du quartier, j'ai douté de ma froideur. Ce fond oublié de Rio faisait naître en moi une nostalgie sans fin. L'impasse, mon enfance, les cousins, les soins que m'avaient prodigués ma grand-mère et mon père alors vivant. Je me manquais. Le souvenir d'être un fils, d'avoir une mère.

Casagrande commentait, la caméra a balayé la tribune des supporters et, soudain, les trois ont surgi dans le cadre. J'ai bondi de ma chaise avec tante Neusa. Dans les bras l'un de l'autre, c'était comme si nous fêtions un but. Marcelo, Cynthia et Carine, terrifiants, dans une envie désespérée de se rendre visibles, s'exhibaient dans des déguisements sommaires. Les filles faisaient onduler leur ventre à bière et mon cousin bodybuildé portait un mini slip de bain et une cape rouge nouée autour du cou. Blonds, ils étaient tous blonds. Carine, accrochée à son poste en carton, a été la première à remarquer son image sur l'écran géant du stade. Tous les trois ont pointé leur doigt vers le haut, puis ils ont cherché l'objectif le plus proche. Ils ont hurlé de satisfaction. C'était le sommet d'une existence. Marcelo a improvisé un cœur en joignant les deux mains en forme de coquillage, et il a crié MAMAN, JE T'AIME, à l'attention de Neusa. Alors la pub est arrivée.

— Carine ne s'est toujours pas remise de la séparation.

C'était sa façon à elle d'expliquer que ma cousine ne faisait pas d'études et était au chômage, sans faire quoi que ce soit pour changer les choses.

— Elle s'occupe de Matias de temps en temps, et ma tante s'est arrêtée là, je ne me suis pas étendu davantage. Plus de but, ni carton rouge, ni faute grave. La partie de province s'est traînée encore vingt, trente minutes, et l'appartement a été rattrapé par son marasme habituel. La lumière froide du plafond, les murs crasseux, la décadence manifeste.

C'était le moment de partir. Je n'avais pas le droit de demander quoi que ce soit.

Tante Neusa a insisté pour que j'attende le retour des cousins, mais j'ai prétendu une réunion le lendemain tôt, à

São Paulo. Ce n'était pas faux. Tu vas reprendre les feuilletons ? Je ne sais pas, je ne crois pas. Elle a pris un air plaintif. Et Amélia, elle va bien ? J'ai faibli, avouant presque la vraie raison de ma présence, j'ai failli appeler à l'aide, mais j'ai préféré me taire. Oui, elle va très bien, elle te fait des bisous. Eh bien, dis-lui que je l'embrasse aussi, a répondu ma tante affectueusement. Sans ambages, elle m'a à nouveau traîné dans la chambre de sa mère malade. Je l'ai suivie, résigné, j'ai embrassé la main froide et suis sorti aussi vite que j'ai pu. J'ai tenu la rampe jusqu'au rez-de-chaussée, l'odeur d'ammoniac me brûlait les narines, je suis arrivé sur le trottoir et j'ai rendu grâce à Dieu d'avoir les problèmes que j'avais.

La nuit venait de tomber. Les lampadaires récemment allumés clignotaient encore faiblement. Une rafale chaude annonça la pluie. Les deux pâtés de maisons qui me séparaient de la place sont devenus sinistres au crépuscule. J'ai fait en sorte de presser le pas. La pire malédiction de cette ville, c'était la terreur de ce qui vous attendait au coin de la rue.

Une bagarre entourée d'un groupe de pacificateurs a traversé le passage piéton. Plus loin, la horde des supporters affluait sur la place. Ils revenaient du match. J'ai paniqué. Ma mère à l'hôpital n'était plus qu'une réalité lointaine. J'aurais dû rentrer pendant la seconde mi-temps. L'essaim de parasites excités, les voitures agitant leurs drapeaux et klaxonnant pour fêter la victoire, la sauvagerie de Rio battait son plein. J'ai songé à me cacher dans une ruelle en attendant le retour au calme, m'abriter sous un porche, tout sauf revenir chez ma famille. Deux types ont réussi par miracle à prendre un taxi à deux mètres de moi, la scène a ravivé mon espoir de décamper de là. J'ai marché le long de la route, tous étaient occupés. Un bus bondé, à l'arrêt, a vacillé sous les percussions zouloues. Les biceps, qui pendaient à travers les vitres, frappaient violemment la carrosserie. Des passagers s'échappaient des soupapes de cette chenille mécanique. Un couple est descendu d'un vieux tacot, j'ai couru vers eux, mais trois délinquants se sont emparés de la portière une seconde après moi. J'étais là le premier, personne ne pouvait le nier, mais ils n'ont rien voulu savoir. L'un est entré par un côté, deux de l'autre, et ils ont ordonné d'avancer. Je n'ai pas l'habitude de subir les injustices sans rien dire. Je suis un acteur sensible, avec une mère malade. L'insulte flagrante, venant de canailles bâties comme des Monsieur Muscle, a offensé ma nature délicate. Immobile sur le bord du trottoir, me voilà pris d'asphyxie. Je ne leur ressemblais pas, ma constitution physique n'était pas apte à tenir tête à la barbarie, à cette absence de manières, en fin de soirée, à Saens Peña. Ce n'était pas là la Tijuca que j'avais connue.

J'ai aperçu une Volkswagen Voyage jaune au feu, de l'autre côté du terre-plein, j'ai voulu marcher jusqu'à elle, mais mes jambes étaient exsangues. Tout flageolant, j'ai tracé une droite jusqu'à la loupiote : un taxi. Alors je me suis lancé dans une course folle. J'ai tiré la poignée de la portière, suis entré sans regarder autour et me suis assis, le dos contre le siège avant. À moitié à plat ventre dans l'espace exigu, les yeux fixés sur le tapis percé du plancher, j'ai noté deux gambettes qui se repliaient apeurées près de mon oreille. J'ai regardé à ma droite et vu un mioche bien mis de cinq, six ans, les yeux écarquillés rivés sur moi. La porte s'est ouverte de son côté et deux bras hâlés l'ont extrait de là ; j'ai relevé la tête, un dos s'est incliné et un visage indigné a fondu sur moi. La voix, les dents, la beauté, la respiration de cette femme ; le visage expressif qui me parlait sans que j'entende quoi que ce soit. Des pleurs stridents ont interrompu ma surdité passagère, le propos est soudain devenu audible.

— Vous n'avez pas honte ?! Elle me demandait si je n'avais pas honte. Descendez ! Descendez, c'est un ordre !

Elle voulait que je descende. J'ai tenté de dissiper le malentendu, il allait pleuvoir, j'avais vu le taxi, j'étais pris d'un malaise, ma mère avait besoin de moi, je suis en danger de mort dans le secteur…, je voulais expliquer mais elle n'écoutait rien. La bourrasque s'est levée et les premières gouttes de pluie se sont écrasées sur le pare-brise. Protégeant de ses ailes ses petits, elle exigeait ma retraite.

C'est là seulement que j'ai réalisé qu'il y en avait deux.

À la peur des coups, mes bronches se sont définitivement obstruées. J'ai renversé la tête en arrière, aspirant l'air comme je pouvais. J'allais mourir. Il a commencé à compter. Un… deux… Mes mains ont glissé vers la poche de mon pantalon, j'ai sorti mon portefeuille et lui ai offert ce que j'avais. Cent, deux cent vingt, vingt-sept, vingt-huit… J'ai fourré les billets dans sa main, je l'ai supplié de me faire sortir de là. L'armoire à glace m'a regardé sans toucher à l'argent. Il était blessé. J'ai attendu la sentence, le *trois* fatidique, mais le mastodonte s'est contenté de baisser les yeux et de réfléchir en silence. Il contenait sa folle envie de me rouer de coups, tout en calculant les heures qu'il lui faudrait travailler pour gagner l'équivalent de cette liasse de billets.

— Vous allez sortir de cette voiture, a-t-il dit, vous allez présenter des excuses à cette dame, vous allez prendre les sacs qu'elle porte, les paquets et la mallette des enfants, vous allez mettre tout ça dans le coffre, vous allez leur tenir la portière, et vous, vous viendrez vous asseoir bien sagement à côté de moi jusqu'à ce que je vous dépose de l'autre côté du tunnel. Et vous allez me remplir un chèque sur l'heure, de deux fois le montant que vous m'avez proposé. Les billets, c'est en sus.

Et il s'en est saisi pour les ranger en un lieu secret sous le tableau de bord.

J'ai signé le chèque à l'aide du stylo accroché par une ficelle à la tablette et le lui ai remis. Il a lu mon nom.

— Mario Cardoso… c'est ce que je pensais. Eh bien, si ce chèque revient, monsieur Mario Cardoso, vous pouvez m'attendre à la porte de la télévision, parce que je mettrai un point d'honneur à m'y rendre en personne pour réclamer mon dû.

Et il a enfourné le bout de papier dans sa poche.

J'aurais donné ma vie pour n'être qu'un anonyme.

Les trois étaient restés debout, à suivre la tournure des événements. Le butor a baissé la vitre du passager et leur a expliqué ce qui avait été convenu. Je suis descendu de la voiture et ai rangé les sacs dans le coffre. J'ai voulu aider la fillette, mais elle s'est mise à crier, croyant que j'en voulais à sa mallette. Avec le bout de chou, je n'ai même pas essayé. Je leur ai ouvert la portière en faisant une révérence, ils sont entrés, je me suis assis à l'avant et j'ai respiré, rasséréné. Maintenant, il suffit de traverser les bouchons, me suis-je dit.

L'averse a déferlé quand nous sommes arrivés place de la Bandeira.

Les bouches d'égout, d'ici une minute ou deux, ne suffiraient plus à écouler la cataracte. Il fallait atteindre le viaduc avant l'inondation. Nous roulions anxieux, chacun regardait de son côté, épiant les caniveaux ; les enfants, eux, gardaient les yeux fermés, concentrés sur leur cauchemar. Le viaduc Paulo de Frontin, le traumatisme le plus cuisant de ma jeunesse, a surgi sur la droite, la voiture a monté la rampe d'accès et j'ai pu me détendre, à quinze mètres au-dessus du sol.

Le conducteur a allumé la radio pour suivre les conditions de circulation et j'ai vu, dans le rétroviseur, la nounou et les chérubins blottis dans l'angle derrière lui. Elle a sorti d'un sac une petite bouteille d'eau et l'a tendue au plus jeune. Dans le même temps, elle a passé sa main dans les cheveux de la fillette. Le garçon lui a rendu la bouteille et s'est calé contre son bras. La femme s'est tournée vers la vitre et a regardé la nuit d'un regard perdu, profond.

C'était quelqu'un comme ça qu'il me fallait.

Le chien de garde a remarqué mon indiscrétion, il a tourné son rétroviseur et mon attention s'est reportée vers l'avant. L'entrée du tunnel s'approchait avec ses lumières. Le Rebouças ne m'effrayait plus.

Nous nous sommes garés devant un immeuble, dans le quartier du Jardin Botanique. Il pleuvait toujours. Sans attendre qu'on me sollicite, je suis descendu officier. J'ai déposé les bagages à la loge et suis revenu aider les enfants, endormis sur la banquette arrière. J'ai proposé de porter le garçon, mais la nounou, revêche, m'a repoussé comme si j'étais un pédophile ou pire encore. Sa suffisance m'a de nouveau agacé. Ce besoin de rappeler qu'elle avait été outragée. J'ai eu ma dose, ai-je pensé, j'en ai jusque-là des problèmes. Tu ne veux pas que je t'aide, eh bien je ne t'aiderai pas. D'ailleurs, je n'en ai nulle envie. Finissons-en avec ce hasard funeste. Je n'ai en fait rien eu à dire. Elle a réveillé elle-même la fillette, a pris une petite cape de pluie pour protéger le gamin, l'a pris dans ses bras et est descendue. J'ai retiré ma veste trempée et protégé l'aînée jusqu'au bâtiment. Avant d'entrer, elle s'est tournée vers moi avec dégoût et m'a dit :

— Je vous aimais bien, monsieur, mais maintenant, si je surprends votre tête à la télévision, la première chose que je ferai, ce sera de changer de chaîne.

Le gardien a ouvert la porte et ils sont montés, disparaissant à jamais.

Adossé à la grille de l'immeuble, j'ai réalisé la muflerie de ma conduite. Cette fille, mes cousins, ma tante, la Tijuca insensée d'aujourd'hui, c'était eux mon public. Des gens qui auraient tout donné et plus pour ne pas avoir à supporter les trois heures de babillage d'un monarque anglais incohérent, mauvais père, mauvais directeur, un fou despotique qui avait perdu son royaume pour un cheval. La vie avait fait de moi un idiot,

Et tout ça pour rien,
Pour Hécube.
Que lui est donc Hécube, ou qu'est-il pour Hécube,
Qu'il puisse pleurer sur elle ?

Il aurait mieux valu que je reste fidèle à la télévision.

Le taxi a attendu que je m'approche de la voiture. J'ai essayé d'ouvrir la portière, mais elle était bloquée. Othello a baissé la vitre, m'a adressé un *bye bye* vengeur et a démarré sur les chapeaux de roues. Ruisselant en pleine obscurité, j'ai cru en la justice divine. J'ai mis près de trois heures à arriver à l'hôpital Samaritain. J'ai surmonté les flaques océaniques, la leptospirose, vaincu la circulation et, à défaut de taxi, deux bus bondés. Je payais au prix fort ma superbe. Je le méritais bien.

Ma mère était déjà dans les bras de Morphée. Elle avait été prise d'une crise d'angoisse en mon absence et on lui avait injecté un sédatif. J'ai appelé le médecin et l'ai imploré de la garder à l'hôpital jusqu'au mercredi. À mon tour, je me suis écroulé. J'ai rêvé de la nurse. Elle me caressait les cheveux à l'arrière d'un taxi.

Le lendemain, j'ai débloqué l'argent que j'avais placé et marché d'un pas ferme jusqu'aux guichets d'enregistrement de l'aéroport, pour affronter la Cornouailles à São Paulo. Comme moi, des milliers de gens s'échinaient à rejoindre la place financière du pays. J'ai acheté mon billet, passé les contrôles et me suis assis devant la porte d'embarquement. J'ai tapé un SMS. *Transfert réalisé, suis à l'aéroport, bientôt parmi vous.* C'est parti. Mon portable s'est mis à vibrer dans mon pantalon, c'était la productrice, je n'ai pas décroché. J'ai pris place sur le siège 7B, entre une femme cadre et un tatoué. Le dragon sur le bras me tendait ses griffes. Je me suis dit : Il peut venir, je suis prêt pour l'attaque. Le Boeing a pris de la vitesse, les roues ont décollé du sol, nous avons traversé les nuages jusqu'à nous retrouver dans l'espace. Depuis quand n'avais-je pas été heureux ? me suis-je demandé. Trop longtemps.

À Paris, j'ai été heureux, dans ma retraite appointée pour redorer mon image, après avoir incarné un odieux méchant brûlé vif sur une chaîne nationale. Augusto Reis méritait de mourir. Un despote qui s'était marié par intérêt, avait trompé sa femme avec sa belle-sœur, échangé son bébé à la maternité et cogité la mort de la matriarche, sa propre mère. L'enfer, et rien d'autre.

Augusto a explosé en vol à bord d'un vieil engin, véritable boule de feu propulsée dans l'espace, il a emporté avec lui la fortune confisquée aux partenaires. L'immolation a rapporté quatre-vingt-dix points d'audience, un break commercial négocié à prix d'or, et la distribution a connu l'empyrée du prime time. En récompense, j'ai reçu deux billets de première pour aller flâner dans la Ville lumière et le renouvellement de mon contrat a été digne d'un nabab. Enfermé avec Marta dans une suite du Plaza Athénée, nous y avons passé dix jours. Nourris au menu Dégustation, nous ne faisions que manger, boire et baiser. De l'Épicure absolu ! De retour au Brésil, ma collection de vidéocassettes a atteint le chiffre des 157 titres. Les Brando,

De Niro, Mastroianni et Gassman, ils étaient tous à moi. J'aimais abuser du whisky tout en visionnant les chuchotements de Bergman en Scandinavie. Cela comblait les ambitions intellectuelles que la télé avait mises derrière moi. On aurait envié ma capacité à supporter les pesantes corvées des tournages ; je n'avais pas d'enfant et vivais les meilleures heures du mariage avec une femme à rendre jaloux tous mes concurrents. Même moi, je ne me supportais pas.

Quand j'ai débuté au théâtre, nous étions tous de gauche, nous vénérions Brecht, Gorki et Arrabal. L'argent était synonyme de perdition morale. Mais le monde a changé et mes amis fauchés n'étaient plus que des loques de cambuse, traînant en tongs et bermuda, sans couverture maladie, ni voiture, ni perspectives d'avenir. J'ai encaissé leur froideur, mais les dividendes m'ont rempli les poches.

Les vacances ont passé à toute allure. L'adulation me manquait. Au terme d'un décembre torride, on m'a appelé pour réitérer la geste, redevenir l'attraction qui rapportait à la maison quarante pour cent de son budget : le feuilleton de 20 heures. L'auteur me voulait en personne pour disputer l'amour de deux égéries supposées actrices. Succès garanti. Renato Brandão se suicidait à la fin du premier épisode pour réapparaître dans le troisième, sous un autre nom, marié à une jeune femme mais faisant chavirer le cœur de l'héroïne d'âge mûr, éprise du clone de son défunt. Tout ça inspiré de *Vertigo* d'Hitchcock. J'ai retiré de mes étagères la collection du maître du suspense pour étudier les expressions de James Stewart et de Cary Grant. Je me suis envolé pour l'Europe avec des airs de cador de la Metro. Les travaux ont débuté en mars, dans la divine ville de Londres, nous étions convaincus d'être les réinventeurs du film noir. Deux semaines de bombance, de flatteries mutuelles et un peu de labeur en plein fog londonien. Pour un peu, le réalisateur aurait embrassé toute l'équipe sur la bouche, tant il était emballé à l'idée de révolutionner la télé-dramaturgie nationale. Au cours du buffet d'intégration, avant une pause, j'ai entraîné l'héroïne d'âge mûr dans ma chambre et entamé une secrète et ardente romance amoureuse. Nous sommes retournés aux studios pour entrer dans l'histoire. Et sommes redescendus sur terre au bout de la première semaine de diffusion.

La courbe de l'audimat a dévissé et les dirigeants ont voulu creuser la question. Le peuple n'avait pas compris la mort et la résurrection du personnage. Les ménagères avaient pris le suspense pour une intrigue spirite, sans savoir si j'étais un fantôme ou non. Toutes les classes sociales m'ont rejeté. Condamné aux limbes, Renato Brandão a été écarté du cœur de l'intrigue pour devenir le marchepied de la distribution subalterne. Le mirifique salaire a été honoré, mais l'héroïne d'âge mûr a atterri dans les bras d'un autre damoiseau. Jamais plus elle ne m'a rappelé. J'ai été relégué à un rôle de gentil petit tonton, patron d'une boîte de nuit, qui n'entrait en scène que pour annoncer son départ.

Je devais mariner durant des heures homériques, à attendre au Studio D que les jeunes acteurs se déclarent leur flamme. J'ai souffert neuf mois d'ostracisme. Dans la rue, les gens me demandaient quand j'allais revenir dans les feuilletons. Tout ce qui avait jusque-là fait ma singularité, mon passé alternatif, mon non-conformisme, mon humour acide, tout ce qui m'avait amené au sommet de l'Olympe, n'était plus désormais que défaut et limitation. Je pestais contre cette attente, mon rôle, mon costume, sans cacher mon mépris pour ces minettes de quinze ans qui savaient pleurer comme des poupées baigneurs. Oui, car pleurer est d'une importance capitale à la télévision, surtout pour une débutante. Que pèsent une diction désastreuse ou une piètre culture devant une larme honnête ? Toutes le savent, et usent de trucs de vieux briscards, elles écartent grands les yeux en fixant les projecteurs sans cligner ; elles s'enduisent la cornée de camphre et de menthol, au risque de perdre la vue, comme Lineu, pour réussir dans le métier. Celles qui pleuraient sans effort me laissaient pantois. Ce doit être physiologique, me disais-je, il n'y a pas d'autre explication. Les garçons n'ont pas besoin de pleurer, *boys don't cry* ; s'ils n'étaient pas complètement demeurés et ne faisaient rougir les femmes, le temps aurait soin de les lapider.

Mais l'homme idéal que j'avais été avait échoué. Plus personne ne se souvenait d'Augusto Reis, seule restait la déroute de Renato Brandão, le protagoniste rejeté. La situation exigeait un peu d'humilité.

Cette fois, il n'était plus question de récréation, de Paris, de flagorneries.

Pour sauver mon contrat, j'ai prolongé mon fiasco avec un second rôle dans le feuilleton de 18 heures. La direction m'a conseillé d'accepter. C'était un drame historique, qui se déroulait dans une plantation sucrière du Brésil colonial, avec scènes de fouet et pilori. Le contremaître José Dias a châtié la moitié de la distribution, harcelé et frappé jusqu'au sang la jeune métisse. Je suis devenu la bête noire des ménagères qui préparaient le dîner. Je me suis fait une raison, malgré le soleil brûlant des prises en extérieur à Vassouras. Près du velours des riches, ma tenue en peau de mouton rustique était une bénédiction du Ciel. Et c'est ainsi que je me suis durci le cuir. Peu importait le résultat, si je donnais mes répliques sans trébucher sur les meubles. J'ai confondu métier et emploi. Dionysos ne me l'a jamais pardonné, et j'ai payé avec Lear les péchés de ces années sans gloire.

Quand suis-je devenu cynique ? Telle est la question. Cette fois-là, je crois, le fouet à la main, riant de ce que j'avais fait de moi. La vérité, c'était que je ne me souvenais même plus de la raison qui m'avait fait choisir cette profession.

Nous étions une demi-douzaine de pelés coincés à l'arrière d'un car. Ayant abandonné depuis peu les couches-culottes, nous écoutions le prêche de Campos sur le théâtre et la révolution. Il faut fonder un art au service des intérêts du peuple, insistait le prof, le gourou des arts dramatiques dans le cours d'architecture de l'Université fédérale de Rio de Janeiro. Je parle pas folklore, merde ! Ni du concours de la Reine des Ondes ! Ces valets aliénés d'une bourgeoisie rétrograde, a-t-il continué, drapé dans ses certitudes. Je m'efforçais de rester attentif, malgré mes paupières lourdes et ma colonne broyée par la route. Je connaissais son discours par cœur, mais j'étais trop jeune, trop ignorant, pour lui enjoindre de la boucler. Campos avait fait de la redondance une méthode. Engagés pour la cause, nous avons troqué nos vacances pour l'activisme aux champs. J'ai menti à ma mère, je lui ai dit que j'allais camper sur les côtes de Bahia, j'ai attrapé ma guitare, fourré un change dans mon sac à dos et filé vers la gare routière sans savoir ce qui m'attendait. Il nous a fallu deux jours pour arriver à Recife, puis six heures à l'arrière d'un pick-up pour traverser la *Zona da Mata*[1] du Pernambouc. Sous un soleil de plomb, l'estafette du parti est venue nous cueillir devant l'église de la petite bourgade de Xexéu. Un type très bizarre a lâché son volant pour nous ouvrir la portière grippée et nous a dit de monter. Campos, lui, ne nous a laissé aucun répit, même à l'heure de la péroraison, et il a repris : Au Brésil le capital se sert de ce colonélisme[2] indécent, de ce paternalisme archaïque, tandis que le chauffeur opinait du chef pour approuver. Comme nous commencions à tourner de l'œil sous l'effet des distances et de l'interminable litanie, j'ai laissé voguer mes pensées devant le spectacle des champs de canne qui verdissaient notre fenêtre couverte de poussière.

Deux ans d'endoctrinement bolchevique m'avaient conduit où j'étais.

La faute à ma vanité. Cette vérité que je ne pouvais admettre à l'époque, elle est pourtant évidente aujourd'hui. Ma présence sur scène et mes qualités vocales avaient fait de moi le héraut de la lettre de l'Indien Seattle au président des États-Unis, dans une mise en scène bricolée par les première année de l'université. *Le grand chef de Washington veut acheter nos terres…* m'a valu dix minutes d'applaudissements ininterrompus et une file de jeunes filles ne demandant qu'à s'égayer avec le cacique. J'ai pensé en moi-même : C'est tout ce que je demande à la vie. Nous faisions du théâtre engagé, les acteurs face au

1. La partie la plus verte de la région, où se concentre la culture de la canne à sucre.

2. Les *coronéis*, des « colonels » qui n'ont rien de militaires, sont les maîtres de la région, en général puissants propriétaires fonciers, réputés pour abuser de leur autorité.

public, au garde-à-vous, vociférant les répliques le cou hissé vers le haut, comme pour défier un peloton d'exécution. C'était mauvais, mais de gauche. J'en serais resté là, dormant sur mes lauriers, mais Campos avait des ambitions. La soldatesque avait mis le feu au local de l'UNE[1], la dictature se durcissait, les professeurs trop progressistes ont été limogés ; être bon sur scène ne suffisait plus, il fallait résister, endosser les habits du héros. Nous organisions des manifs, narguions la police, chantions l'hymne national en serrant le drapeau dans nos bras ; nous avons pleuré à l'arrestation de José Dirceu à Ibiúna, et quand Gil et Caetano se sont exilés[2]. À la reprise des cours, Campos a commencé sa catéchèse. Il a débuté le semestre en parlant de conscientiser les masses et déclaré ouvertement son mépris pour les bobos et leur soutien. Le devoir de l'artiste n'est pas de travailler pour le peuple, mais avec le peuple, a-t-il dit, en citant l'expérience d'alphabétisation réussie de Paulo Freire. Je me fiche du théâtre de « Papy a vu le minou de Mamie ! », s'est-il emporté, je veux former des étudiants déterminés à lutter contre ce conformisme avilissant ; là, il nous a regardés dans le blanc des yeux, comme un chien de garde flaire l'indécis. Moi, j'étais un garçon normal, j'habitais chez mes parents, je n'avais jamais fait mon lit et j'avais impressionné mes camarades par mes dons artistiques, ça me convenait parfaitement, mais j'ai eu peur de coopérer avec la bien-pensance. J'ai passé mon

1. La représentation syndicale étudiante.

2. José Dirceu était un leader étudiant, il fut arrêté en 1968, avant de devenir, plus tard, le chef de cabinet du président Lula.L'Acte institutionnel n° 5, signé le 13 décembre 1968, marqua le début des années de plomb de la dictature militaire. Gilberto Gil et Caetano Veloso furent contraints à l'exil courant 1969.

année dans les improvisations sociales, fait du théâtre de rue, de l'invisible, j'ai idolâtré Vianinha, Guarnieri, Boal[1] ; et j'ai lu, sans les comprendre, Marcuse, Marx et Lénine. Les prétentions cubaines de Campos lui étaient si profondément vissées au corps qu'il traitait le Teatro de Arena de conservateur et le Cinema Novo d'art coopté. En octobre, notre guide a proposé un camp d'été dans le sertão du Nordeste. Deux mois de répétitions, nous passerions Noël en famille et partirions vers l'inconnu. Certains ont accepté d'emblée, d'autres échangé des regards inquiets, mais personne n'a eu le cœur de dire qu'il n'en serait pas. Nous avons envisagé de monter une version rurale d'*Eles não usam black-tie*, mais Campos a trouvé que le syndicalisme ne faisait pas bon ménage avec la réforme agraire. Nous avons opté pour Brecht. Une transposition des rapports de domination de *Maître Puntila et son valet Matti* dans une plantation. Et c'était parti pour les expériences de laboratoire, et que je t'exerce le pouvoir, les uns matraquant les autres. Ma prestance, mon timbre de voix ne collaient pas aux rôles de souffre-douleur, je distribuais les coups plus que je n'en recevais. Les chétifs, eux, souffraient beaucoup, mais à la fin ils se vengeaient à coups de semelles sur la classe dominante. Campos avait une aversion pour toute forme de hiérarchie, à condition de ne pas ébranler la sienne, et il a décidé d'abolir les premiers rôles. J'ai tressailli, car j'avais conquis le rang de diva après mon succès

1. Oduvaldo Vianna Filho, Gianfrancesco Guarnieri et Augusto Boal, trois noms illustrant l'histoire du Teatro de Arena à São Paulo. Boal, qui l'a dirigé plusieurs années, est aussi l'inventeur du théâtre « invisible » (des acteurs se mêlent incognito à la foule pour soulever une question sociale) et du Théâtre de l'Opprimé. Guarnieri est l'auteur d'*Eles não usam black-tie* (« Ils ne portent pas de costumes »).

en chef Seattle. J'ai fait en sorte de cacher ma déception et feint de respecter la proposition démocratique. La troupe s'emparait à tour de rôle du sceptre placé au centre du plateau, celui qui l'avait recevait l'esprit de Maître Puntila. L'idée a bien marché tant que nous avons joué sans public, mais il a suffi d'appeler les amis pour qu'on se dispute la chose à coups de baffes. Nous avons suspendu la séance pour une autocritique générale. Dès qu'on passait à la pratique, la théorie changeait. Nous avons tenu encore deux semaines comme ça, jusqu'à ce que Campos fasse appel à une connaissance pour évaluer le résultat. C'était un acteur insipide, mais respecté sur le terrain de la résistance artistique à la dictature militaire, il avait fait partie de l'*Opinião* de Nara et avait rejoint le CPC, le Centre populaire de culture[1]. Désespéré par la mauvaise performance des étudiants, Campos s'est levé à la dérobée et m'a susurré à l'oreille de ne lâcher le sceptre à aucun prix. Mon mètre quatre-vingts et mon gosier de velours m'assuraient une fois de plus une place de choix dans la distribution. *Puntila soy yo*, ai-je crié des toilettes, en me lavant les mains après un pissou de consécration. Moins pour la révolution et davantage pour m'assurer le rang de premier acteur de la compagnie, j'ai accepté la saison imposée à Crato. On peut niveler les classes sociales, répartir la recette équitablement, mais on n'a pas encore inventé la formule qui abolira le narcissisme.

Les années passant, je vois encore maintenant que le casting ne déroge jamais aux règles éternelles du *physique*

1. Nara Leão a tenu l'un des rôles principaux de la comédie musicale *Opinião*, avant d'être remplacée par Maria Bethânia. Le CPC a été un foyer de création engagé, très en vue à l'époque, lié à l'Union nationale des étudiants (UNE).

du rôle. Certains sont voués dès leur naissance à être les jeunes premiers, les autres à incarner les nobles pères. Les uns seront tyrans, les autres comiques. La majorité, elle, ne vient au monde que pour la figuration.

L'estafette nous a largués dans une maison de pedzouille, deux pièces en torchis, et une collection de punaises squattant les fissures des murs. Les toilettes, un trou entouré de perches, près d'un brasero abrité sous des tuiles ébréchées. Campos s'est octroyé la chambre et nous a laissé la salle. Reconnaissants d'être arrivés là en vie, et investis d'une mission patriotico-révolutionnaire, nous avons jeté nos frusques à même la terre battue et sommes ressortis, pressés de nouer les premiers contacts avec les journaliers du coin. L'association était fermée. Il était midi passé et le personnel s'était levé tôt pour couper la canne dans les fazendas voisines. Déçus, nous sommes revenus nous relaxer dans notre bouge. Ceux qui n'avaient pas apporté de sac de couchage ont dormi empilés dans les hamacs. Je me suis réveillé en sursaut, la bave aux lèvres, ne sachant pas où j'étais. J'ai poussé le collègue avec qui j'avais partagé le hamac, nous avons secoué les autres, mais il n'était plus utile de se presser. Vingt-trois heures quinze, les habitants s'étaient déjà retirés dans leurs pénates. Nous avons fait un feu devant la masure, et subi les théories de Campos jusqu'à ce qu'il se lasse de parler, puis nous avons chanté les succès engagés de Geraldo Vandré et raté le lever du jour. Il y avait un clair décalage entre le peuple et l'avant-garde. Quand finalement nous avons fait coïncider nos pendules, Campos s'est fendu d'un sourire béat, je ne lui avais jamais vu cette expression benoîte sur le visage, et il s'est approché solennellement d'un des indigènes. C'était un tout petit bonhomme, dans les trente ans, ou quatre-vingts, impossible à dire. La peau burinée par le soleil, de grosses mains habituées à biner et une demi-douzaine de dents, on aurait dit un totem, aussi solide et droit qu'un tronc d'ipé, il vous regardait franchement quand il vous parlait. Campos lui a tendu une main mollassonne, qui a fondu dans la poignée ferme du rustaud. Le chauffeur de notre camionnette a invité les camarades à se présenter. Nous les avons salués formellement en dodelinant de la tête, tandis qu'eux ôtaient leur chapeau en marque de respect. J'ai dit mon étonnement devant leurs carapaces en cuir en dépit du soleil brûlant et on m'a expliqué que la cuirasse les protégeait des fibres de la canne, tranchantes comme des rasoirs. Fiers de l'effet qu'a eu cette révélation, certains ont ôté leur casaque pour exhiber leurs cicatrices. Ce qui a eu pour conséquence d'aiguiser notre curiosité et de briser la glace. J'ai pressenti, en admirant leurs peaux lacérées, qu'une chochotte comme moi, fine fleur de la Zone sud de Rio, n'aurait rien à apporter à ces êtres rustiques. J'étais un animal mal alimenté, je manquais de mélanine, de cals, de biceps, de décence. Quand le chauffeur de l'estafette a annoncé que le dimanche en fin d'après-midi le groupe donnerait une représentation théâtrale, je me suis dit : C'est un plan foireux, cette affaire. Les croquants n'ont esquissé aucune réaction apparente, ils ont remis leur chapeau sur la tête, se sont excusés, il leur fallait se retirer, et ils sont montés à l'arrière du camion pour une nouvelle journée d'exploitation. Ému et admiratif, Campos a regardé le véhicule disparaître sur la piste et a décrété qu'un jour nous serions assez mûrs pour comprendre la portée de ce qui venait de se passer. Dans la foulée, il a ramassé par terre une poignée de poussière et a juré, à la Scarlett O'Hara, qu'il n'aurait de repos qu'il ne soit témoin de la fin de l'injustice sociale dans ce pays. Le serment m'a laissé dubitatif. L'épisode avait même éveillé en moi le sentiment que le cambrousard trapu était bien plus lucide sur le sens de la vie que notre mentor soviétique. Quoique incrédule, je me suis joint au chœur des applaudissements. Le chauffeur a écourté le rituel et orchestré un collectif de bonnes volontés pour tendre la bâche au-dessus du terrain vague, entre les maisons. C'est là que se dérouleraient nos réunions, les répétitions, c'est là que se dresserait l'auge de l'insurrection socialiste du Che Guevara de l'Université de Rio.

Les jours suivants se sont écoulés sans encombre. Nous répétions l'après-midi, le matin nous nous rafraîchissions dans le puits-citerne avec les enfants, mangions du bouc et râpions le manioc avec les femmes mariées. Certaines donzelles sont venues s'insinuer parmi nous, mais le chauffeur a prévenu que l'honneur, ici, se réglait au couteau. Mieux vaut sauter le bananier, a-t-il conseillé en riant ; si personne ne sait comment s'y prendre, je lui montre. Tout le monde a compris le message. Le dimanche, le village a préparé une fête pour bien profiter de la séance. Sur son trente et un, le public nous a apporté du rapadura, du fromage, de la farine de manioc et de la cachaça. Les couples arrivaient bras dessus bras dessous, les jeunes femmes toutes aguicheuses, les enfants courant comme des hirondelles entre les jambes des parents. Je dois l'admettre, c'était beau.

Mesdames et messieurs, nous allons vous présenter aujourd'hui
Un animal préhistorique – le latifondiaire
Ou dit plus simplement : un propriétaire foncier
Le ci-devant vous est familier.

L'ouverture de *Maître Puntila*. En dépit de mes réticences idéologiques, être en scène m'inspirait une foi en l'homme, un sincère intérêt pour les infortunes de l'humanité. Je ne connaissais pas encore le cynisme. À la fin, il était clair que Brecht avait ennuyé ces messieurs et que l'absence de romantisme de l'intrigue avait déçu ces dames. Mais il n'y avait rien à regretter. Ensuite, nous avons improvisé un match de foot amical et gratté la guitare ensemble. Ils ont sorti leurs instruments, des *violas caipiras*, et s'est accomplie une communion qui n'avait rien à voir avec la doctrine. Une célébration immémoriale, une authentique allégresse, un amour cordial, de l'Art ; une chose très différente du discours de notre mentor de choc. Là où Campos voyait de l'aliénation, j'apercevais une interaction sensuelle, liée aux cinq sens, loin de tout ce que je m'étais engagé à faire ici. L'expérience nous a en définitive unis à la communauté. Les femmes ont accepté d'intégrer le chœur et les hommes de participer aux laboratoires. Nous avons passé la semaine à préparer la rencontre suivante, à créer des improvisations sur la question foncière. Campos est resté fidèle à son catéchisme, il réformait le monde de haut en bas, dans une dictature du bien qui m'inspirait beaucoup de défiance.

Quand est arrivé l'après-midi dominical si attendu, la plèbe est revenue parfumée et s'est installée sous la bâche. Le metteur en scène a appelé un volontaire pour jouer. Le peuple a rigolé, honteux et excité à la fois, chacun poussait l'autre pour voir qui aurait le courage. Le moins méfiant a fait un pas, suscitant l'émoi de ses camarades. J'ai été appelé. Nous nous sommes fait face. Quel est votre petit nom de baptême ? s'est enquis Campos avec le savoir-faire d'un Chacrinha[1] champêtre. Jorge Araújo, a répondu l'homme. Applaudissements. Alors dites-moi, monsieur Araújo, quel est l'homme le plus puissant que vous ayez jamais connu ? Cavalcanti, a dit le gars sans sourciller. Eh bien, je veux que vous fassiez comme si Mario, ici, monsieur Araújo, était le sieur Cavalcanti. Le pauvre s'est fendu d'un sourire mi-figue mi-raisin, percevant le ridicule qu'il y avait à ce que deux hommes mûrs se prêtent à des simagrées infantiles. Moi, je suis resté de marbre. Fidèle à ce qui avait été convenu, je l'ai dévisagé durement et ai attaqué fort en l'informant que désormais la journée de travail irait du dimanche au dimanche, sans jour de congé. Le public a ri, reconnaissant là la posture du malfaisant. La fazenda doit me rapporter et je n'ai pas les moyens de payer un Zé-j't'en-fiche comme toi à bayer aux corneilles, ai-je conclu l'air féroce. L'homme était plutôt timide et Campos est intervenu pour mettre de l'huile sur le feu. C'est normal, ça ? a-t-il demandé aux présents, et est monté à l'unisson un *noooooon* prolongé. Est-ce qu'il partage ce qu'il gagne avec vous, monsieur Araújo ? a continué Campos, et le jeune homme muet lui a répondu d'un signe de tête négatif. Et vous pensez qu'il est juste de travailler du lever au coucher du soleil pour enrichir le propriétaire de cette terre ? Araújo a cette fois articulé un *non* clairement audible. Répète, mon salaud ! l'ai-je défié. C'est pas juste, non monsieur, a-t-il répondu avec conviction. Eh bien sache que tu as devant toi un Cavalcanti, et qu'aucun Cavalcanti n'est venu au monde pour essuyer le *non* d'un misérable gueux ! ai-je rétorqué, agressif, trois tons au-dessus de l'attendu. Araújo a blêmi. Une huée isolée est

1. Présentateur très populaire d'émissions de télévision.

sortie du public. Qui a eu l'audace ? ai-je interpellé brutalement. Tous ont battu en retraite, en un lourd silence. J'ai désamorcé la chose par un soupir comique de soulagement. Je me suis mis à sautiller sur la scène, à la fois puissant et pathétique, en répétant que mon affaire, c'était le profit, dling, dling, passez la monnaie, et j'ai fait semblant d'avaler quelques pièces pour l'amusement des petits. Une fois la tension enrayée, je suis revenu à la virulence du patron sans âme. Les congés, c'est terminé, compris ? Et je veux voir si un homme ici a les couilles de tenir tête aux volontés d'un Cavalcanti ! ai-je provoqué. Les gamins ont commencé à crier, les huées ont enflé et j'ai pris le risque d'une attaque hystérique. Campos a fait signe au groupe de former un cercle autour de moi. Protégé par des sbires armés de manches à balai, j'ai poursuivi mes invectives, simulant le couard des pantomimes médiévales. Le chahut a atteint des sommets. Les marmots ont jeté des mottes de terre, les vieillards se sont mis à m'agonir et Araújo a recouvré son courage en m'adressant un doigt d'honneur. C'était l'insurrection. Nous avons conclu la scène exaltés, nous avons applaudi et été applaudis. Campos a failli avoir une attaque.

Le soir, à la chaleur du brasero de la masure, que nous qualifiions déjà de foyer, il s'est pris pour Antônio Conselheiro[1]. Le prof ne s'arrêtait plus de parler, de philosopher, d'ébaucher des stratégies et de tirer des plans sur la comète. En deux ans, même pas, regardez Cuba ! s'est-il écrié, nous serons un pays socialiste. Sur cette perspective, nous sommes allés dormir, bercés d'illusions.

La légèreté de cet après-midi s'est dissipée les semaines

1. Le leader messianique de la révolte de Canudos, à la fin du XIXe siècle.

suivantes. Nous consacrions les dimanches à recueillir des témoignages sur les injustices subies par les paysans. Nous avons collecté un compendium scabreux, massacres et assassinats, viols et travail esclave, et trié les cas les plus emblématiques pour les reproduire sur scène. Tout le monde n'a pas adhéré à la démarche, mais six travailleurs sont devenus des assidus. L'un d'eux souffrait manifestement de troubles mentaux. Incapable de séparer réalité et fiction, il avait une crise chaque fois que l'indignation lui montait au cerveau.

Un dimanche fatidique, Campos a ordonné que moi et mes sbires au manche à balai nous nous rangions d'un côté, et lui s'est placé à l'autre bout de la bâche, avec les dix paysans qui s'étaient présentés pour l'expérience. Je me suis posté sur une chaise à haut dossier, le trône du redouté Cavalcanti, hissé au rang de personnage récurrent de notre excursion. Sur le ton de la conspiration, Campos a demandé aux dix culs-terreux de bien regarder ce fils de chien se pavanant sur son siège. C'est le type qui exploite votre travail, leur a-t-il dit, qui vit aux dépens de ce que vous produisez, qui tire profit de votre misère. Les habitués avaient déjà pris le pli du *faire comme si*, mais les quatre débutants et le schizophrène se sont persuadés, sans que Campos ne s'en rende compte, qu'il disait vrai. Maintenant, je veux que vous vous approchiez de lui et lui déversiez tout ce qui vous est resté en travers de la gorge. Le groupe s'apprêtait à marcher en bloc, quand le cinoque, suivi des quatre novices, a pris la tête et dérapé vers l'ignorance. Devant la férocité du peloton, ma garde fictive a pris peur et ouvert une brèche, laissant mon Cavalcanti à découvert. Je n'ai pas eu le temps de réagir. J'ai été attrapé par la nuque et flanqué à terre par le jobard, les autres se sont jetés sur moi. Moi qui n'avais jamais su ce qu'était une raclée, j'étais maintenant roué par cinq disgracieux lascars. J'ai cru que ma fin était arrivée. Je me suis défendu comme j'ai pu, tout en criant C'EST DU THÉÂTRE ! C'EST DU THÉÂTRE ! Les amis sont venus à ma rescousse, les quatre ont reculé, Campos a ordonné de suspendre la plaisanterie, mais le possédé n'a fait que ralentir son rythme après s'être trouvé encerclé. Ils sont allés chercher sa mère pour maîtriser le taureau indomptable. Elle est arrivée alarmée, en répétant le nom de son fils jusqu'à parvenir à l'apaiser. Ils sont tombés dans les bras l'un de l'autre et le zinzin a sombré dans des pleurs convulsifs. Nous avons suivi la retraite la queue entre les jambes. Avant de sortir de notre chapiteau, la mère nous a lancé un violent message.

— Vous n'avez pas de cœur ? Vous servir comme ça de mon gars. Vous ne voyez pas qu'il ne comprend pas ? Que personne ne comprend ce que vous êtes venus faire ici ?

Nous sommes restés cois. Campos a levé la séance. J'ai nettoyé le sang écoulé, mes bourreaux ont demandé pardon et j'ai répondu qu'ils n'avaient pas à s'excuser. Nous avons décidé de garder ceux qui avaient compris qu'il s'agissait d'une métaphore, nous avons renvoyé les autres et nous sommes retirés maussades.

Ce soir-là, il n'y a pas eu de feu de camp.

L'incident a bouleversé les projets de Campos, qui a renoncé au cirque ambulant et s'est concentré sur la conscientisation des masses. La bâche est devenue une salle de classe. Quand j'ai réalisé ce qui m'arrivait, j'étais en train de convaincre cinq péons de prendre les armes. Je crois que l'isolement et la demi-vérité mille fois serinée peuvent expliquer, je ne sais pas. Je ne sais dire à quel moment le tournant a été pris. D'une heure à l'autre, nous nous sommes retrouvés à tirer sur des cibles avec des revolvers rouillés, fournis par le chauffeur de l'estafette. Il avait des accointances avec l'armée, je pense qu'il avait basculé dans la clandestinité, mais à cause de son côté mutique et bourru, personne n'avait eu l'audace de lui poser de questions. La routine militaire a remplacé les échauffements corporels. Nous courions chargés de cailloux, traversions des cours d'eau, nous nous soumettions à des épreuves d'endurance. Campos a continué d'assurer la partie théorique, mais le chauffeur a assumé le commandement pratique. J'ai songé à fuir, mais préféré la prudence. Le sergent-chef faisait peur. Sans nous en rendre compte, nous étions devenus ses otages. Je me suis dit qu'il restait deux semaines avant le début de l'année universitaire, Campos n'allait pas être assez fou pour abandonner la fac et se mettre dans des emmerdes au fin fond du Pernambouc. Histoire de calmer les esprits, il est arrivé avec une copie des *Petits Bourgeois*, il a dit que nous allions monter la pièce au retour. Le retour. Le mot nous a inondés d'espérance. Nous avons lu Gorki avant de nous endormir, certains que le théâtre était passé au second plan. Celui qui distribuait les cartes, maintenant, c'était le directeur des transports.

Nous dormions à poings fermés quand on a cogné violemment à la porte. Nous avons sauté du lit, paniqués, je me souviens que le plus radical d'entre nous a chargé un revolver et s'est mis en embuscade près de la porte. J'ai pensé : Ça part en vrille. Les coups se sont répétés. C'était le chef, celui de l'estafette, qui ordonnait d'ouvrir. Campos est arrivé de sa chambre pour tirer le verrou. Le chauffeur est entré avec les cinq de toujours, il a bouclé tout le monde à l'intérieur et fait éteindre les bougies. Quelque chose de terrible était à deux doigts de se produire. J'ai pensé à ma mère, les reliefs de Rio me manquaient, la Lagune, les filles de la plage, les chansons, la beauté et la mer.

Araújo, avec qui j'avais partagé la vedette aux temps dorés de l'improvisation, s'est excusé et, le visage cramoisi, a raconté le désastre. Les hommes de main de Cavalcanti avaient kidnappé son frère, à cause des bobards que celui-ci instillait dans l'esprit des péons de la fazenda. Au début, on l'a seulement menacé, mais le frère n'a rien écouté et a poursuivi sa catéchèse. Or, un petit matin, quatre hommes armés ont envahi la maison où le type vivait avec sa femme et quatre enfants en bas âge, et ils l'ont traîné dans la cour pour lui faire la leçon. Ensanglanté, mais très remonté, il s'est mis à répéter à voix haute à quiconque voulait entendre ce qu'il avait appris avec Campos sur la révolution. Ils ont frappé plus fort, mais aucun saint ne le faisait taire. Ils ont même mis leur doigt sur la gâchette mais, troublés par le boniment, ils ont jugé prudent de l'emmener au colonel. Il est là-bas maintenant, a dit l'estafette, ils ont dû le taler et, à l'heure qu'il est, il a déjà balancé ce qu'il sait. Vous pouvez réunir vos armes, a-t-il ordonné, le moment est venu. Nous ramènerons ton frère vivant à la maison, a-t-il promis en mettant sa main sur l'épaule de mon ancien acolyte de scène.

Nous nous sommes tournés vers Campos incrédules. Ça n'était pas prévu par les statuts de la colonie de vacances. Il a vu la contradiction. C'était un professeur de théâtre, sans talent pour conduire une action suicide. Mais au moment précis où il en avait le plus besoin, l'argumentation lui a fait défaut. Nous avons attendu que notre leader explique que nous étions des étudiants en architecture, des artistes amateurs, des fistons à papa, de vierges innocents ! Autant d'excuses qui devaient l'amener à décliner la convocation. Le tronc d'ipé, celui qui nous avait accueillis au début, a compris notre retard à l'allumage et a sorti sa machette. Nous avons reculé comme un seul homme et il a craché par terre pour signifier clairement sa déception. Vous nous mettez des idées en tête, a-t-il dit offensé, mais quand on a besoin de vous, vous ne voulez pas salir vos délicates mimines. Si aucun de vous n'est un homme, c'est pas mon cas, a-t-il proclamé, le visage fermé, et il a franchi la porte suivi d'Araújo et des autres. Ils se sont évanouis dans l'obscurité. L'estafette est restée une seconde encore, pour fusiller Campos du regard. Avant de suivre la troupe, il a prévenu qu'à son retour, il aurait une explication sérieuse avec le groupe.

Le prof a attendu d'être sûr qu'ils étaient loin. Les voix se sont dissipées, nous n'avons plus entendu que le cricri des grillons. Qu'est-ce que vous fichez ? a demandé le metteur en scène, ramassez ce que vous pouvez et on déguerpit. Vite fait. Nous avons pris nos cliques et nos claques et avons filé en catastrophe à travers champs. C'était une nuit sans lune. Nous avons baroudé dans le noir, à la recherche d'un chemin qui nous mènerait loin d'ici. L'escampette à pied, sans risquer une parole. Nous avions contrarié Cavalcanti et ses hommes, et risquions de tomber dans une embuscade, de finir en prison, d'être torturés, tués, en représailles. Le danger imminent nous a poursuivis tout le trajet qui relie Xexéu à Palmares. Vingt-trois kilomètres d'épreuves. Quand le jour s'est levé, nous avons entrevu la nation de Zumbi ; de là, nous avons pris le car pour Recife et un autre pour Rio.

J'ai pleuré en apercevant le Christ.

J'ai étreint longuement ma mère. Elle a trouvé bizarres ma barbe, mon allure calamiteuse, elle a voulu savoir s'il y avait eu un problème à Bahia. J'ai changé de sujet, invoqué la fatigue et annoncé mon intention d'abandonner l'architecture pour devenir acteur.

Ma mère n'en revenait pas, mais a estimé qu'il valait mieux laisser la discussion pour plus tard.

J'ai enterré la lutte armée, le militantisme, brûlé les photographies du Che, jeté aux orties Marcuse, Marx et Brecht. La réalité est horrible, je ne voulais plus qu'on m'en parle. Par lâcheté ? Peu importe.

Tante Neusa et mes cousins auraient terrifié le vieux Campos. Le peuple du professeur n'existait qu'à Canudos, sur les sentiers de Rosa ou dans le vaste ABC[1]. Son parterre idéal n'incluait même pas le quartier de Tijuca, à Rio. Pareils aux personnages de Nelson Rodrigues, mes parents auraient été envoyés au peloton d'exécution dans l'Eldorado du maître.

Moi qui avais renoncé à combattre avec les armes les océans d'angoisse, j'ai préféré dormir, et peut-être rêver d'un théâtre qui choquerait davantage encore Saens Peña.

Pressé par ma famille de terminer l'université, j'ai renoncé à certains cours, mais sans abandonner la faculté. Si j'allais en prison, pondérait ma mère, le diplôme me garantirait le droit à une cellule spéciale. C'était une bonne raison pour ne pas envoyer balader les études. Libéré d'avoir à m'occuper des inégalités du pays, je me suis

1. Rosa, pour João Guimarães Rosa, l'auteur de *Grande Sertão : Veredas* (*Diadorim* dans la traduction française). L'ABC désigne la ceinture industrielle et ouvrière de São Paulo.

abandonné aux plaisirs mondains de la jeunesse. Après les cours, je plongeais dans les vagues de la jetée, je jouais au foot avec les désœuvrés du coin, je courtisais les filles en paréo et applaudissais le coucher de soleil depuis l'oasis de Leblon. Chanteurs, acteurs, cinéastes et intellectuels fréquentaient l'étroite bande de sable. Le soleil m'est témoin de combien je les idolâtrais.

Deux adultes hippies, mi-chevelus, mi-chauves, faisaient forte impression sur cette faune variée. Rubens Corrêa et Ivan de Albuquerque, qui possédaient le Théâtre Ipanema, faisaient penser à deux druides rockers et se démarquaient du radicalisme en vogue. Par curiosité, tout salé encore de la baignade, j'ai marché jusqu'à la parallèle du bord de mer, à deux rues de là, et me suis arrêté devant l'immeuble résidentiel où logeait, en sous-sol, la salle de spectacle. J'ai pris une entrée pour *Hair*.

J'en suis sorti définitivement autre.

Assis au rang J, j'ai été pris d'une excitation furieuse, d'une gaieté spontanée dont je n'aurais jamais imaginé qu'elle puisse exister. Sidéré par l'orgie visuelle de la tribu des jeans, je me suis dit : Ces gens-là baisent, et pas qu'un peu. J'avais appris de Campos que j'étais né dans un pays sous-développé, triste, condamné à rester à la traîne, et que seule une guerre civile sanglante pouvait réveiller. Eux démentaient cette croyance.

Au pic de mon épiphanie, mes yeux se sont posés sur une métisse nue, les cheveux hirsutes, des seins parfaits. Elle s'est avancée, alignée sur les autres velus dénudés, et s'est postée devant un public ébahi une longue minute durant, celle qu'autorisait la censure. J'ai perdu la tête. Je me suis branlé toute la nuit en pensant à Sônia Braga. Une incroyable divinité. C'était Aphrodite surgie du panthéon où étaient déjà Leila et Gal[1]. J'ai attendu la sortie pour les voir de près. Armando Bógus, le seigneur absolu du clan, s'est pointé au bras de Sônia. C'était son homme. Adossé au pylône de la plage, j'ai voulu faire partie de la bande, occuper sa place, être Bógus. Ce qui m'est effectivement arrivé dix ans plus tard.

Incapable de dormir tant j'étais excité, j'ai séché le cours du lendemain et fait le pied de grue devant la porte de l'Ipanema. J'ai acheté des billets pour la semaine. J'ai remis ça la semaine suivante et suis devenu un intime de la caissière. Grâce à elle, j'ai su que le metteur en scène organisait des auditions pour remplacer deux acteurs du chœur. Ils recherchaient de jeunes échevelés à l'aise sur scène, la chevelure comptait au moins autant que le talent. J'ai intercepté Jackson Five sur la plage, dont le black power impressionnait le quartier, et nous nous sommes rendus au Théâtre Jovem, à Botafogo. De l'entrée partait une longue file d'attente. Jackson s'est surpassé dans l'épreuve de chant, en imitant Michael dans *ABC* ; je ne m'en suis pas trop mal sorti non plus côté voix, en déclamant la vieille lettre de l'Indien Seattle. À notre stupeur, nous avons été retenus. Les yeux humides, je répétais en boucle à Jackson en attrapant sa tignasse : C'est tout bon, mec, c'est tout bon ! On nous a convoqués le jeudi suivant. Sans préparation ni répétition, on nous a lâchés dans les coulisses du sous-sol. Nous déambulions en liberté au milieu des babas. Sônia par-ci, Sônia par-là, fumette, petits culs, nichons, éclats de rire, le pied total. Nous avons gravi

1. L'actrice Leila Diniz fut une icône de la libération de la femme à la fin des années 60. Dans cette même période, Gal Costa incarnait le renouveau de la jeune chanson brésilienne.

les escaliers vers le plateau. Et voilà pas que je me retrouve à poil, près de Jackson, à une distance respectueuse du cul de Bógus, mais m'efforçant de frôler celui de la tigresse Sônia.

J'ai décidé de larguer définitivement l'architecture et je suis sorti de chez moi pour partager un trois-pièces à Laranjeiras avec Jackson et un couple d'amis musiciens. Mon père m'a coupé les vivres. Maria Amélia m'a aidé en sourdine, bien que la dérive de son fils l'ait chamboulée. La dèche était telle que chacun inscrivait son nom sur le bout de fromage ou le yaourt qu'il mettait au frigo. Le couple avait l'habitude de cracher dans ses courses pour nous en tenir éloignés, Jackson et moi.

Un pied dans l'Ipanema, nous avons été admis au casting de *C'est le jour du rock*. Pendant l'intro, nous distribuions du pain comme des hosties et prenions de l'acide pour nous élever durant la messe. Succès historique. La dernière séance a fait salle comble, tant et si bien qu'il n'y avait plus de place pour la représentation. Rubens a embarqué la caravane jusqu'à la plage, la procession a descendu la rue Joana Angélica pour finir sur le sable, en plein air, devant la foule des fidèles. Je suis devenu mystique, cosmique, tellurique.

Campos m'aurait abattu de plusieurs balles s'il avait vu ça. Quant à tante Neusa, elle ne m'aurait pas reconnu. De même qu'elle ne m'avait pas reconnu l'après-midi où s'était effondré le viaduc Paulo de Frontin, lors d'une visite à ma grand-mère. La famille s'était tue en me voyant arriver par la cuisine, ils croyaient que c'était un voleur. Je leur ai expliqué que je jouais dans une pièce hippie et ma tante a poussé un soupir pieux en promettant de réciter un credo pour déjouer le mauvais sort. Je l'ai remerciée sans discuter. Nous avons regardé les directs sur l'accident, mais personne ne faisait attention, ils étaient excités comme des poux parce que la voisine allait se marier. Dans les rêves de tante Neusa, cette fille aurait été pour moi un bon parti. Espérant peut-être me consoler de ces noces ratées, ma tante a murmuré que la voisine n'était plus vierge et qu'elle avait fait reconstituer son hymen pour cacher le faux pas au futur mari. Qu'est-ce que c'était que ce monde, mon Dieu ? J'avais passé la nuit avec deux groupies de *C'est le jour du rock*, l'une était la petite amie de Jackson, j'ai failli leur raconter, mais je n'ai pas voulu choquer ma tante. Je me suis contenté d'esquisser une réaction de surprise, de prendre un café serré et de repartir par le premier bus pour Shangri-La.

Mes projets de m'éterniser à l'Ipanema ont capoté le jour où Rubens et Ivan ont annoncé leur décision de fonder une communauté à la campagne. Ensemble, ils allaient s'installer dans une réserve forestière des tréfonds de la région de Friburgo, pour mettre à distance les temps sombres. Moi, vacciné par la précédente mésaventure, j'ai préféré rester urbain.

Le train d'atterrissage a percuté violemment la piste. Les souvenirs de l'Ipanema se sont évanouis avec le choc, submergés par la triviale inquiétude que le pilote soit en capacité de freiner l'appareil. Congonhas n'est pas un aéroport, c'est une aberration incrustée au cœur de la ville la plus peuplée d'Amérique du Sud. Du hublot, à l'atterrissage, on peut voir le linge sur les étendoirs des milliers de maisons qui entourent le bout de la piste. Une population d'écervelés s'y est multipliée, abusée par la faible probabilité statistique qu'y survienne un désastre. La courte piste s'achève abruptement, au bord d'un abîme jouxtant la voie express. Pour éviter les tragédies, il faut atterrir en inversant à fond les turbines. En juillet 2007, le pilote du vol TAM JJ 3054 a accéléré par erreur, il a survolé les voitures et explosé de l'autre côté de l'avenue. J'ai suivi l'horreur à la télé, comme je l'avais fait quand le viaduc Paulo de Frontin s'était effondré. Le lendemain, affolé à l'idée de devoir prendre la navette aérienne, j'avais conduit six longues heures d'affilée sur la Dutra pour honorer la saison d'*À chacun sa vérité* au Théâtre Cultura

Artística, carbonisé des années plus tard par un incendie aux proportions colossales.

L'avion a encore roulé un bon moment. La journée avait mal commencé. J'ai attendu une éternité debout, tassé avec les autres passagers dans le couloir central, dans l'attente du bus de l'aérogare. De là, je mettrais le cap sur les décombres de *Lear*.

São Paulo pue. Les habitants de la capitale ne s'en rendent plus compte. Pourtant, quand on s'absente, l'odorat devient plus critique. Chaque fois que je reviens, je suis éberlué par la concentration de soufre, de plomb et de méthane accumulés dans l'atmosphère. Surtout entre avril et juin, quand le temps sec fait briller les particules de minerai dans l'air. Comme ce jour-là. Au carrefour de l'avenue Paulista et de la rue de la Consolação, la mesure de qualité de l'air indiquait : MAUVAIS.

Milena se rongeait les ongles à une des tables du café, dans notre fameux hôtel. Je l'ai évitée et suis allé directement à la réception. J'ai réglé les dépenses sans vérifier les factures, j'ai gentiment payé les extras de l'équipe en laissant un gros pourboire au réceptionniste et demandé de descendre les bagages confisqués. Mon intention était de dénouer les contentieux à temps pour repartir par la navette. Je voulais éviter une autre crise d'angoisse de Maria Amélia ; la nuit précédente, la voir droguée à l'hôpital, ça avait été horrible. La productrice a remarqué l'agitation et est venue m'aider. Je lui ai dit que c'était payé, conscient qu'avec ce trou dans mes finances j'allais devoir me serrer la ceinture. J'ai allumé une autre cigarette, la cinquième de la journée, pendant qu'elle vérifiait avec le chauffeur de la camionnette de location la liste des adresses de ceux qui attendaient la restitution de leurs biens. J'ai commandé un double expresso et me suis installé au bar. Il vaut mieux nous réunir ailleurs, a conseillé la productrice. J'ai répliqué sèchement : Je ne supporte plus les déplacements. Paulo a dormi à l'hôtel, il a trop bu la nuit dernière et a raté son rendez-vous à la télé, je ne veux pas être là quand il va se réveiller, a-t-elle averti. J'ai avalé mon café et lui ai laissé ma chaise, coupant court à la discussion. Les cernes creusés de la nuit blanche qu'elle venait de passer, Milena s'est exécutée, elle a ouvert sa mallette et posé une pile de reçus sur la table pour accélérer les choses.

Les comédiens étaient rentrés chez eux la veille. Lineu avait eu des palpitations et on avait dû l'hospitaliser. Son assurance santé couvrirait les dépenses. C'est la seule bonne nouvelle que j'ai à t'annoncer, a prévenu Milena ; en plus, je viens de recevoir l'info que les comptes de la saison de Rio ont été retoqués par le ministère. Ils soupçonnent des notes bidon, notre dossier est maintenant passé au peigne fin. Je lui ai demandé ce qu'il en était du quitus de Gomes, le comptable. Elle m'a répondu qu'elle lui avait laissé d'innombrables messages, sans retour de sa part pour l'instant. Et elle a baissé les yeux, à la fois embarrassée et maussade. Ça m'a mis la puce à l'oreille. La crapule empoche dix pour cent du total de la bagatelle, mais c'est moi seul qui paie les pots cassés. C'est juste, c'est on ne peut plus juste.

J'ai feuilleté la paperasse, le dédale bureaucratique des règles d'exemption fiscale, je regrettais le temps où le théâtre était géré avec la modestie d'une échoppe de quartier. On ouvrait l'urne, on comptait les entrées et l'argent allait dans les sacoches portées par un âne, qu'on tirait par le licou jusqu'à la banque la plus proche. Tout en espèces, pas de chèque en bois. Les comptes se faisaient sur un papier d'emballage de boulangerie, des opérations simples : additions, soustractions. Les acteurs et les techniciens signaient un reçu et l'affaire était close. Gomes, un jurassique, gérait les choses dès cette époque. J'avais fait sa connaissance dans un théâtre de poche, lors de la saison de *Navalha na carne*[1]. Il aidait à l'intendance du spectacle et m'a vivement recommandé de déclarer mes revenus. J'ai rigolé du conseil. Je n'étais à mes yeux qu'un acteur apprenti, un amateur talentueux, et je trouvais ridicule d'être mêlé à la catégorie des professionnels dits libéraux, qui pointent et cotisent. Pour moi, le théâtre était une activité marginale, étrangère aux bureaucraties. Au fil des ans cependant, les recettes, le coût de la vie, les pièces que j'ai produites, tout est venu épaissir le maquis fiscal, et Gomes s'est transformé en éminence grise, une éternelle ombre résolvant à sa manière la face légale de mon quotidien.

Unis, nous avons prospéré. Le bureau moisi qu'il occupait, au huitième d'un vieil immeuble du centre de Rio, a annexé les pièces voisines jusqu'à occuper la moitié de l'étage. Des vingt portes du couloir ténébreux aux effluves d'incinérateur, onze étaient à lui. Gomes dirigeait une armée d'intermédiaires incultes, qui avaient néanmoins le don de passer devant tout le monde et d'arracher des tampons aux offices notariaux les plus occultes. Il honorait pourcentages et salaires au centime près, certifiant à sa

1. La pièce de Plínio Marcos (littéralement, « Le rasoir dans la chair ») a été montée à São Paulo, puis à Rio, en 1967. Censurée par la dictature pendant treize ans, elle met en scène trois personnages marginaux dans la chambre d'un bordel, la prostituée Neusa Sueli, le souteneur Vado et l'homosexuel Veludo.

façon les comptes aux yeux de la loi. Je me vivais comme un miroir de la comédie humaine, la liberté d'expression incarnée. Je plaisantais : Ne me parle pas de chiffres et de tableaux, j'en perds ma voix ! et Gomes riait à s'en tenir les côtes. Mon refus de m'occuper de la trésorerie comblait ses ambitions de pouvoir. Mon cher Mario, je réponds de tout ! concluait-il, et je dormais du sommeil du juste, n'ayant plus qu'à me concentrer sur les vicissitudes de mes personnages.

Avec la transition démocratique, les persécutions ont pris fin et, pour ainsi dire en guise de réparation des années de plomb, de nouveaux mécanismes de subventions culturelles sont entrés en vogue. Au lieu des échéances bancaires, nous avons fait affaire avec le département marketing des grandes entreprises intéressées par le mécénat, et Gomes a gravi un nouvel échelon. Fini le petit falot mal sapé, en chaussures Goodyear et pantalon tergal. Il a acheté un costume moche, mais c'était un costume, et il a fait refaire une des salles, la première, dans laquelle il a conservé son bureau, presque par superstition. Il a repeint les murs couleur saumon, tapissé le canapé de skaï violet ; il a dégoté une jeune secrétaire et l'a flanquée dans un recoin sans fenêtre à l'entrée, derrière une cloison en formica. Ses intermédiaires, il les a répartis dans les différents compartiments du couloir, qui communiquaient avec le QG du chef *via* le nouveau système de standard téléphonique, acquis à prix d'or avec la climatisation. Sur la porte de la salle 801, une plaque dorée annonçait : GOMES COMPTA. LTD - PRÉSIDENCE. Au sommet de sa prodigieuse ascension, il s'est entremis entre producteurs et sponsors. Gomes a suivi des cours, s'est spécialisé dans les lois régissant les nouveaux financements, et son importance s'est accrue, autant que le pourcentage perçu pour administrer le chaos. Pour *Lear*, il n'en a pas été autrement.

Il m'a fait connaître Milena Jovic, une jeune productrice avec qui il avait travaillé pour les représentations d'*Aïda*, au Théâtre municipal. J'ai accepté sans hésiter sa suggestion. Milena avait un contact solide dans un cabinet d'ingénierie, et elle s'en était très bien sortie aux commandes des coulisses de l'opéra. Les ambitions de Stein étaient aussi élevées que celles de Verdi, non moins modestes que les miennes. Faisant confiance au « Je réponds de tout ! » de mon conseiller financier, j'ai fermé les yeux, comme d'habitude, et nous nous sommes associés officiellement.

Maintenant, Milena me regardait, épuisée ; Gomes avait disparu et le fisc connaissait mon existence, une première depuis des décennies.

Deux ans plus tôt, plein d'espérance, j'avais arpenté à ses côtés les couloirs du siège de la société qui avait accepté le mécénat. Pour moi l'opportunité de viabiliser le projet qui me sortirait de l'ornière, après dix ans de marasme professionnel.

J'avais passé le week-end avec Stein, à Corrêas, où je l'avais officiellement invité à reprendre la mise en scène. Là, nous avons trinqué devant la cheminée et sommes tombés d'accord sur tout, en particulier la nécessité de revenir aux préceptes que nous considérions comme indissociables de la scène : l'honnêteté et l'audace. Nous avons médit de tous nos collègues à l'affiche, reconnu notre propre conformisme et réaffirmé l'importance de revisiter *Lear*, la meilleure traduction de nous-mêmes : deux rois détrônés, perdus dans le désert d'idées de la médiocrité d'alors. Je suis revenu de la montagne enthousiaste, conjecturant déjà le saint avenir.

La secrétaire du directeur marketing de l'entreprise, une cousine de Milena, nous a confirmé dès le lundi matin leur intérêt, nous étions passés devant cinq projets. Un rendez-vous a été pris pour le mardi.

Mota Filho était un homme raffiné. Maigre et raffiné. Bronzage du jour, les ongles faits et des soins exfoliants pour une peau bien lisse. Il se disait l'amant de la culture la plus exigeante. Sur le mur, derrière son fauteuil italien sur lequel il se tenait droit comme un i, Mota exhibait une carrosserie de bus de Raymundo Colares, un des représentants de la génération artistique des années 60. À peine nous étions-nous assis qu'il est devenu un vrai moulin à paroles, il sautait du coq à l'âne, citait des livres, des films et des auteurs de renom, tout en traitant ses hôtes avec les honneurs. Le sport préféré du type, c'était éructer son érudition. Compulsif, il récitait Whitman, déclamait Bandeira et vomissait par cœur des passages entiers de Shakespeare, dans le texte. *Life's but a walking shadow*… Nous avons subi patiemment son étalage, attendant le moment où il daignerait nous adresser la parole. Pourquoi pas *Macbeth* ?! Le problème est le portugais, qui traduit ? Il a enchaîné sans respirer. *Lear*, non ? J'ai profité de la question, tel un toréador face à un fou, pour interrompre le monologue. Ah oui, c'est *Lear*, n'est-ce pas ? Il est revenu à la charge : Qui traduit ? Millôr, monsieur. Il a opiné, il n'y en avait pas de meilleur. Le Fou ? Il a marqué une pause. Le Fou… ? ai-je repris, troublé, sans comprendre que nous étions déjà passés au choix des acteurs. J'ai mentionné Arlindo, mais il n'a pas écouté, ce qui l'intéressait maintenant, c'était se vanter que, très jeune, il avait assisté à la version du National Theater, avec Anthony Hopkins dans le rôle du roi. Et comme s'il avait été l'intime de la star, il a affirmé que c'était cette amère expérience qui avait poussé la vedette à quitter l'Angleterre et à se livrer au conformisme grassement payé d'Hollywood. Il a ensuite égrené la galerie des mises en scène historiques dont il avait été témoin, au cours de ses dix ans passés à Londres. Redgrave, Dench, McEllen, O'Toole. Ironique, il m'a conseillé de faire appel à un acteur médiocre pour le *Fool*, il l'a dit comme ça, en anglais, le *Fool*, revenant au Fou qu'il avait laissé en plan durant son interminable laïus. Ils volent la vedette, Mario, attention ! J'aurais dû écouter Mota. Il a expliqué que, s'il n'avait tenu qu'à lui, il aurait mis tous ses deniers dans le projet, mais il fallait l'approbation du conseil. Shakespeare n'est pas populaire ! a-t-il proféré à regret, devançant les critiques du tribunal, et il a enchaîné en lançant que, pour pouvoir parler d'art populaire, encore fallait-il définir l'art impopulaire. Beethoven ? Mahler ? Brahms ?! a-t-il demandé au plafond, comme s'il se tournait vers Dieu. Il a alors cité les concerts inoubliables qu'il avait vus dans sa vie, Karajan malade dirigeant Strauss, attaché à son pupitre pour exécuter *Mort et transfiguration*. Quel *Lear*, Mario ! Quel *Lear* ! Humilié, j'ai eu envie de jeter l'éponge. Je n'étais ni Hopkins, ni McEllen, et encore moins O'Toole ; je n'étais à la hauteur d'aucun de ceux qu'il avait cités. Je sortirais de l'aventure raboté de quelques centimètres. Je me suis dit : Cet homme doit avoir un clone chez lui pour assurer son job tout en jouissant de tant de moments d'élévation. Milena est restée silencieuse ; de la liste, elle ne connaissait qu'Hopkins, et encore, à cause du cannibale du cinéma. J'ai fait mine d'en savoir plus qu'elle, en prenant mon visage le plus impénétrable. Une fois le préambule terminé, la conversation a roulé sur les chiffres. Mota n'a pas tiqué au montant et a même imaginé un dépassement pour la tournée à São Paulo. L'entreprise devait fêter son cinquantenaire l'année suivante. Pourquoi ne pas prévoir un cocktail après la première ? a-t-il suggéré, plein d'imagination. J'ai failli m'agenouiller aux pieds de la gazelle. Nous avons convenu d'envoyer les coûts réévalués, nous nous sommes serré la main et il a promis qu'il reviendrait vers nous pour ajuster les détails.

Mota était présent à la célébration des cinquante ans de sa maison, lors de la première de notre *Lear* à la dérive, à São Paulo. Il ronflait au beau milieu du cinquième rang, émettant un sifflement aigu près de la blonde oxygénée. À la sortie, Ana Cláudia a salué les costumes, bien qu'elle ait trouvé la pièce un peu déprimante. Mota m'a félicité pour mon courage, nous avons pris un selfie, et je ne l'ai plus jamais revu.

Assis dans le hall de l'hôtel, je me suis demandé si le raffinement affecté du directeur marketing de la société avait un lien avec la disparition de Gomes et le visage abattu de Milena. Absorbé dans mes spéculations paranoïaques, j'ai tendu la main à la productrice pour essayer de l'apaiser. C'est alors qu'une gifle m'a projeté à terre. Je me suis retourné, accablé, et j'ai vu Paulo devant moi. Elle avait raison, nous aurions dû éviter l'hôtel ce matin-là. Hors de lui, le beau gosse a levé les poings en criant qu'il n'avait dormi dans cet hôtel borgne que pour avoir le plaisir de me casser la gueule. Milena a essayé de le retenir, mais il l'a propulsée contre le mur tandis que le réceptionniste appelait le gardien. J'ai attrapé une chaise pour me protéger, Paulo a fait valser mon bouclier d'un coup de pied, et moi, pour éviter la ruade promise, je me suis cramponné à son torse en fourrant mon visage sous l'aisselle du fauve. Nous avons tournoyé dans le hall tel un couple électrisé. L'étreinte nous a conduits sur le canapé, moi en dessous, lui au-dessus. Le dernier souvenir que je garde est celui du biceps de Paulo prenant son élan jusqu'au plafond, avant de retomber sur mon œil gauche.

K.-O.

J'ai perdu connaissance, ce qui a eu pour effet de me détendre. À l'hôpital, j'ai rouvert ma paupière intacte, j'avais dormi tout l'après-midi, allongé sur le canapé près du lit de Lineu. Milena m'avait installé dans la chambre comme accompagnant. Il n'a pas fallu longtemps pour que les malheurs resurgissent et que je redescende de mon petit nuage. Une douleur physique et morale, plus morale que physique, terrible à endurer. J'ai pleuré. Lineu a assisté à tout en silence, il m'a proposé le verre d'eau posé sur sa tablette, c'était ce qu'il avait à m'offrir, et il a à nouveau rivé ses yeux sur la télé. J'ai geint tout ce que j'ai pu, jusqu'à épuisement. Personne n'allait venir me consoler. J'ai essuyé la bave sur mon oreiller et tourné mon regard vers le poste suspendu. C'était un feuilleton biblique. J'ai trouvé ça bizarre. J'ai demandé, intrigué : Tu regardes ça, maintenant ? On m'a appelé pour jouer un vieillard hébreu, a expliqué mon camarade, je voulais refuser, mais maintenant, avec la fin de *Lear*, je n'ai plus le choix. À l'écran, le soldat égyptien portant une jupette en lamé synthétique séduisait l'esclave vierge. J'ai pensé en moi-même que je pourrais faire un bon Romain, voire un méchant pharaon. Et j'ai soupesé mes chances sur le nouveau marché. La Providence divine envoyait-elle des messages à une brebis égarée ? C'était la foi qui me manquait. Lineu a semblé deviner mes pensées et m'a avoué que la perspective d'un travail avait calmé ses palpitations de la veille. C'est Dieu, a-t-il dit, c'est Dieu. Nous avons suivi le drame jusqu'aux publicités. L'aile de poulet en promo à 2,99 R$, entre le peuple élu assujetti et la barbarie des idolâtres. Je me suis vu devant le mont Sinaï, en train de danser autour du veau d'or. Je m'étais trompé de credo. Un rôle dans ce feuilleton épongerait mes dettes… et il me resterait même un peu d'argent pour rédimer une partie de mes péchés. La Bible, c'est comme Janete Clair[1], a commenté Lineu, rien à dire, je me suis fait une raison. Et nous avons ri ensemble de nos impasses. Je faisais des projets dans ma tête. D'abord, j'essaierais de renouer avec la télé haut de gamme ; si rien ne se débloquait, je viserais la Bible. J'avais besoin de payer mes factures, les traitements de ma mère, mais je n'étais pas dans une situation des plus encourageantes.

J'avais tourné le dos à la seule industrie de divertissement au Brésil, tout ça pour hoqueter mes vérités. J'avais refusé des rôles, rompu un contrat, déclaré que j'avais besoin de me renouveler. Ils ont réagi avec élégance, mais m'ont mis à l'index des gens à qui on ne peut pas faire confiance. Pendant ces deux années ou presque de mise à l'écart, la crise qui avait secoué le marché du disque à la fin du millénaire frappait maintenant d'autres secteurs. Le public avait

1. Une scénariste dont le nom est attaché aux grandes heures de TV-Globo.

migré vers l'Internet. L'ancienne seigneurie de l'audimat s'était morcelée en petits fiefs, où chaque clan faisait corps et cultivait son ego. Les Noirs et les Blancs, les enfants et les vieux, les homos et les hétéros passaient des heures à se contempler entre semblables. Pour gagner en influence, il suffisait de s'asseoir devant l'ordinateur et de pondre le bêtisier. Adieu casting, décor, scénariste, producteur, réalisateur, oubliez. Les agences de pub, ces piliers de l'ancien château fort, flattaient désormais des exhibitionnistes anonymes et leurs milliards de likes. Une invasion étrangère avait mis au rebut l'ancienne chaîne productive dont je faisais partie. Des centaines de personnes, naguère engagées à vie, perdaient leur emploi, et moi je rêvais de me réaliser avec Shakespeare. Ma vanité ne valait pas mieux qu'une autre, moins peut-être. Entre *Lear* et le *funk de la mitrailleuse*, c'est le *funk de la mitrailleuse* qui l'emportait. Ainsi se résumait ce qui s'était produit pendant mes mois d'aliénation. Seule la chaîne évangélique était vaccinée contre le Malin, elle s'appuyait sur une dramaturgie fidèle à la doctrine, proposait un monde parfaitement ordonné, où le bien s'opposait au mal en de justes proportions. Les rites dominicaux s'occupaient de la propagande et le denier du culte, non imposable, alimentait le Royaume de Dieu Télévisé. Chapeau. J'ai demandé l'air de rien : C'est dur de trouver un boulot là-bas ? Lineu m'a répondu, sérieux : On n'y a pas encore interdit le réseau des Philistins.

— Change de chaîne, je t'en prie. Mets-nous le journal.

La crise mondiale, le terrorisme, les missiles et moustiques mutants ; les ouragans, le dégel, les sécheresses et les inondations ; corruption, crimes, assassinats. C'était la chute de l'Empire romain. L'Apocalypse, comme seul le Moyen Âge l'avait connue. Quelle importance aura un acteur dans toute cette débâcle ? J'étais une pièce de musée, je lisais un journal imprimé sur du papier, j'avais un téléphone fixe, je mangeais du gluten, je prenais des antibiotiques et j'adorais les romans du XIXe. J'ai rendu grâce de ne pas avoir eu d'enfants, au moins, je n'aurais pas à me soucier de leur avenir à eux.

À la fin du journal, Milena a réapparu. Elle avait pris une douche, paraissait sereine. Gomes l'avait contactée et avait promis de fournir le bilan financier de la pièce. Je réponds de tout ! avait-il dit. Je n'accordais aucune valeur à l'assurance bouffonne de notre comptable, mais j'ai préféré repousser le problème. À mon tour, j'ai pris une douche et traité l'ecchymose au visage avec le maquillage de Milena. Je suis reparti à Rio par le dernier vol. Maria Amélia, l'autre versant de ma vallée de larmes, attendait son fils-époux à l'hôpital.

Elle était calme quand elle m'a reçu, les médicaments contrôlaient ses humeurs. Elle s'est étonnée de mon œil au beurre noir, je lui ai menti, j'ai dit qu'un livre était tombé de l'étagère et avait atterri en plein sur mon sourcil. Son visage s'est attendri, elle a souri, maternelle, et m'a caressé les cheveux. Je n'ai pas pu retenir mes larmes. J'étais abasourdi par ce que la vie avait fait de moi. J'avais trop besoin d'elle, la seule personne qui, je le savais, m'aimait sans condition. Fais attention, mon fils. Son fils. Elle m'avait appelé son fils. Elle se souvenait encore. Je suis épuisé, maman. Comme c'était bon de l'appeler maman. Elle m'a pris la main fermement. Fatigué, qui ne l'est pas ? m'a-t-elle dit. Je suis resté sans rien dire, accroché autant que je le pouvais à ce qu'il me restait d'elle. J'ai profité de son moment de lucidité pour lui expliquer qu'il m'était arrivé quelque chose de grave. Je lui ai demandé si elle se rappelait être entrée nue dans la mer. Moi ? Oui, toi.

Maria Amélia m'a alors raconté un rêve troublant qu'elle avait fait, la nuit précédant l'accident.

*

Après avoir laissé son jeune garçon à l'école, elle avait voulu rentrer chez elle, mais ne se souvenait pas de l'adresse. Elle a traversé le Jardin Botanique, est entrée dans la ruelle où nous habitions et, à sa stupeur, la maison n'était plus là. À la place se dressait un petit immeuble, aux parois en aluminium et verre fumé. Du balcon de la maison d'à côté est sorti un homme avec une moustache de sapeur. C'était un officier de police qui travaillait dans un commissariat inconnu jusque-là. Maria Amélia a demandé ce qu'était devenue la maison, une architecture allemande avec des murs blancs et des poutres foncées, le type a répondu qu'une maison comme ça, il ne connaissait que la sienne et une autre, au bout de la rue, sur le point d'être démolie. Confuse, elle a admis qu'elle était perdue.

Le commissaire lui a proposé de l'accompagner, ils ont marché ensemble à la recherche de pistes, il voulait l'aider. Il lui a suggéré de refaire le chemin inverse jusqu'à l'école, mais Maria Amélia ne savait plus comment s'y rendre. La vérité est qu'elle n'était plus sûre de rien, pas même de l'existence de son fils, elle ne savait plus si elle avait été mariée, si elle avait déménagé à Ipanema, ou Copacabana, elle doutait de tout. Un duplex au dernier étage, dont l'arrière donnait sur la mer. Elle y habitait seule avec son mari. Lui faisait des calculs sur la table de la salle à manger, qui était entourée d'un mur de briques apparentes.

L'homme lui a proposé sa voiture. Elle a accepté. Ils ont descendu l'avenue Nossa Senhora de Copacabana. Maria Amélia s'extasiait devant les commerces ouverts, les boutiques pleines, elle aurait tout donné pour faire partie de cette routine. La voiture s'est engagée dans une entrée de parking étroite. Non, ce n'est pas mon immeuble, a-t-elle protesté, mais le gardien lui a assuré que si. Angoissée, elle a prié pour que son mari soit là, qu'elle récupère son fils à l'école et que la vie reprenne son cours normal. Elle a pris l'ascenseur déjà plein et s'est retrouvée dans un couloir vide, entouré de portes. Une jeune fille de petite taille, aux larges hanches, est venue l'accueillir. Solennelle, elle l'a informée que Maria Amélia était morte.

— Morte ? a-t-elle demandé, surprise.

— Morte, a répondu la jeune fille. Ça ne va pas ?

— Si, ça va.

— Vous voyez ? Vous ne sentez rien. C'est la preuve que vous êtes morte.

Comment ça, morte, si elle était là ? La jeune fille est repartie sans dire au revoir et Maria Amélia a pensé qu'il valait mieux qu'elle s'en aille. Dans l'ascenseur, deux dames parlaient du dernier épisode du feuilleton, elles n'aimaient pas l'actrice principale et regrettaient qu'il n'y ait pas assez d'histoires d'amour. Les feuilletons d'avant étaient bien mieux, disaient-elles. C'est ce qu'elle pensait aussi, c'était mieux avant, quand son fils était à l'école et son mari dans le séjour.

Elle est ressortie de l'immeuble plus abattue qu'en y entrant.

Le gardien ne lui a pas adressé la parole, le passant ne s'est pas plaint qu'elle l'ait heurté. Alors elle s'est dit : C'est comme ça qu'on meurt, dans l'indifférence des autres. Oublie ton fils, oublie ton mari, oublie l'appartement donnant sur la mer, s'est-elle dit. La mer. Maria Amélia a traversé au feu sans regarder autour, elle était morte, qu'est-ce que ça pouvait faire ? Elle a entendu des coups de frein, signe que quelqu'un la voyait encore. Quand elle a atteint la promenade, elle a ôté ses chaussures et franchi la bande de sable. De hautes vagues se formaient aux limites de l'écume. Elle a envoyé balader son corsage, sa jupe, ses sous-vêtements et la voilà, debout, nue, sentant le vent humide lui transpercer la peau. Happée par le reflux, elle s'est avancée dans la mer glacée. Une grosse vague, la plus grosse selon elle, s'est écrasée sur sa tête. Elle a roulé, chaviré, tourneboulé. Elle n'était nullement désespérée. Submergée, elle a ouvert les yeux et admiré la surface de l'eau depuis le fond. C'est bien de partir comme ça, s'est-elle dit. Concentrée sur sa dernière heure, elle s'est débattue quand elle a senti un bras solide la soulever. Elle a essayé de se dégager, mais on l'a ramenée à nouveau à la surface. On a étendu son corps sur la plage, au milieu des badauds. Le maître-nageur a improvisé un bouche-à-bouche, en pressant sa poitrine de la paume de ses mains. Des curieux ont fait un cercle autour. Ben, quelqu'un me voit encore, a-t-elle constaté, elle était revenue à la vie. Fatiguée, elle a refermé les yeux et plongé dans le noir profond.

J'ai cru que c'était un rêve, a-t-elle dit en terminant son récit. Moi, j'étais soufflé. Ces derniers jours, je l'avais traitée comme une enfant incapable de rien. Maintenant, je découvrais que, par-delà son expression vague, étaient apparus les signes avant-coureurs de la mort à Maria Amélia, l'abîme. Du Samuel Beckett. J'adorais traiter cet auteur avec dédain parce que je le trouvais froid, pessimiste et morbide. Maintenant, je comprenais que c'était mes limites, pas les siennes. Empêtré dans mes problèmes médiocres, je riais de l'Irlandais et d'elle, ma mère. Quel âne je faisais. Maria Amélia a dit se souvenir du matin de l'incident, elle était sortie tôt de chez elle, elle portait un corsage qu'une ancienne élève lui avait offert pour son anniversaire. Ensuite, elle ne se souvenait que d'un instant, sur la plage, elle était entourée d'étrangers, et de sa solitude ; elle se souvenait aussi de l'hôpital Miguel Couto bondé, du couloir, et de moi qui venais la chercher. J'ai osé un : Tu m'as pris pour mon père. C'est vrai ? Puis elle s'est tournée vers la fenêtre. Tu crois que je suis vraiment entrée dans cet immeuble, elle voulait savoir, dans le couloir du rêve ? Peut-être, ai-je répondu, en lui promettant de la sortir de là et de la ramener chez elle. Maria Amélia a acquiescé passivement, consciente qu'elle ne pourrait plus se fier à elle. Elle s'est levée pour se brosser les dents. Je suis resté assis, apathique. Je n'étais qu'un acteur sans épaisseur. J'aurais dû doter mon Lear de la même profondeur qu'elle, mais j'étais trop vaniteux pour comprendre une conscience en exil. En attendant que ma mère sorte de la salle de bain, je me suis demandé si j'avais jamais effectivement atteint l'essence de ma profession.

Quand je n'étais encore qu'un apprenti, jouer s'assimilait à mes yeux à une catharsis, davantage associée au plaisir de mes sens qu'à ceux des gens venus m'écouter. Pour moi, le public n'existait pas. C'était vrai à l'université, ça l'avait été dans le Crato et à l'Ipanema. Ma surdité de débutant faisait office de quatrième mur, avec l'obstination stupide de l'homme dont le trop-plein d'hormones garde toujours son cœur haletant, c'était tout. Mon symptôme s'est aggravé quand je me suis mis à errer, sans attache, après la disparition de Rubens et d'Ivan. Une fois, je suis allé les voir à Friburgo, ils m'ont invité à rejoindre leur communauté rurale, mais j'étais jeune et j'avais des ambitions. Je suis entré dans des groupes amateurs, j'ai joué un petit roi impuissant, ce qu'il pouvait y avoir de pire dans le théâtre pour enfants, Asdrúbal[1] m'a fermé ses portes et j'ai été recalé aux auditions de la télé.

1. La troupe Asdrúbal trouxe o trombone (« Asdrúbal a apporté le trombone ») a introduit un théâtre absurde et burlesque sur la scène brésilienne des années 70.

C'est alors qu'à Rio le monde du théâtre est entré en transe.

Ernesto Guria, un metteur en scène argentin d'avant-garde qui avait fui la ligne dure du pays frère, avait émigré en Europe, où il avait noué de solides partenariats avec les papes du théâtre expérimental. Il avait assisté aux répétitions du *Songe d'une nuit d'été* de Peter Brook, avait connu Grotowski et s'était lié à Julian Beck et Judith Malina à Paris, avant même le séjour au Brésil du Living Theatre. Ce couple légendaire l'avait convaincu de venir ici ; eux y avaient été encouragés par leur travail avec le Teatro Oficina, l'expérience dans les favelas de São Paulo et un détour par une prison du Minas Gerais, où les avait envoyés la découverte de marijuana dans leur chambre d'hôtel à Ouro Preto.

Être si loin de José Celso Martinez Corrêa, le chamane de l'Oficina, me pesait comme une disgrâce. À l'Ipanema, j'avais connu de près la révolution esthétique, mais c'est à São Paulo qu'elle prenait son tour le plus radical. La nonchalance de la mer exerçait sur le théâtre carioca son influence, la dureté formelle de São Paulo exerçait la sienne sur la pétulance de José Celso. Peut-être pour planter ses banderilles sur une plage encore inexplorée, Guria a fait de Copacabana son royaume. Le metteur en scène n'avait pas rompu avec le théâtre dit bourgeois ; il jouait dans des espaces conventionnels, jamais dans la rue, il s'appuyait sur le texte plutôt que sur les improvisations et maîtrisait à la perfection la machinerie son et lumière de la régie. *Persona non grata* dans sa chère Buenos Aires – les gradés *hermanos* parvenaient à être pires que les zouaves de chez nous – et jouissant de l'aura de l'intellectuel exilé, le *porteño* a débarqué en dieu à Guanabara.

Quand ont ouvert les inscriptions pour l'atelier où seraient sélectionnés les acteurs de son premier spectacle, Jackson et moi avons couru au Théâtre Cacilda Becker, dans le quartier du Catete, pour tenter notre chance. Mes jambes ont flageolé quand la silhouette du mythe a surgi des fauteuils. De petite taille, bottes hautes, col roulé bordeaux, Guria arborait une longue chevelure noire nouée sur la nuque, un mixte de Carlos Gardel et de Sitting Bull. Solennellement, il s'est dirigé à pas lents vers l'arène, escorté de son assistante française, une métisse décharnée qui lui servait de page. Après un bref signe de tête, il s'est mis à fumer une Minister tout en scrutant dans les yeux les quelque soixante-dix acteurs présents. Guria a éteint sa cigarette dans un cendrier de poche et a ordonné à tout le monde de se déshabiller.

Nous nous sommes exécutés rapidement, soucieux de prouver notre allégeance. Nous en avions l'habitude. Se mettre nu faisait partie de l'examen de base de tout cours élémentaire. Un contre-effet de la terreur imposée par la guerre froide sur toute la planète, avec en retour des réactions drastiques en politique, sur l'art et les mœurs. Le climat était si pesant qu'un garçon sensible comme moi pouvait soit se lancer bravement dans la lutte armée, soit se jeter dans la vie artistique, non moins radicale, en faisant de son corps un instrument de contestation. Nous frottions nos sexes dans des salles immondes, avec un sérieux risque d'y attraper des morpions, nous léchions sans faire le dégoûté la sueur de l'autre, nous nous embrassions sur la bouche, nous simulions l'amour, ou passions aux voies de fait, mais jamais ne marchandions nos libertés. Pour mettre à l'épreuve un acteur, la nudité était la condition première, *sine qua non*.

Libérés de nos vêtements, Guria nous a fait déambuler sans but, en occupant tous les espaces de la salle. Sans son Popeye, l'Olive du Quartier latin s'est jointe au groupe et a piloté la formation d'une ronde. Nous nous sommes lâché la main et allongés sur le sol, comme on nous l'indiquait, en touchant légèrement les pieds des autres. *Respiren*, *expiren*, a ordonné le pape, en ouvrant les travaux. *L'essentiel, aujourd'hui, est de savoir contre quoi nous luttons, c'est de reconnaître les structures formelles, sociales et politiques qui empêchent la liberté sensuelle, la fluidité empathique et la paix qui s'y abrite*, et il a poussé un *ooooohm* de moine oriental. Nous avons repris en chœur. Les murs ont réverbéré le mantra et le vieux Théâtre Cacilda Becker a pris des allures de temple bouddhiste. Après avoir instauré cette atmosphère sacrée, le directeur a voulu que nous imaginions quelque chose de menaçant. *Quand vous aurez cette image en tête, criez contre l'oppresseur à pleins poumons*. Je me suis concentré du mieux que j'ai pu et j'ai vu émerger l'image du président Garrastazu Médici[1] du tréfonds de mon for intérieur, bardé de médailles, portant casquette militaire et lunettes noires. Le spectre attestait de mon non-conformisme et je n'en étais pas peu fier. Je m'apprêtais déjà à exorciser le général, quand les contours de mon repoussoir se sont estompés pour faire place à la tendre silhouette de feu mon grand-père, un excellent homme que j'admirais vivement. Je n'avais plus le temps de lui trouver un remplaçant, j'ai eu peur d'avoir zéro au test, j'ai donc jeté mon maléfice sur l'ancêtre. Si on me posait des questions, je mentirais en disant que j'avais excommunié le dictateur. *Debout*, a indiqué le guide,

1. Le président-général des années de plomb.

rapprochez-vous. Nous avons resserré le cercle et formé une chenille humaine, mes fesses frottaient le ventre de la petite de derrière, ma queue touchait le dos du type de devant ; pas de risque d'intumescence, après *Hair*, j'avais appris à me contrôler. *Oooohm*… nous avons entonné de nouveau le chant tribal. De la main, la Française a fait signe de nous asseoir autour d'un cercle tandis que Guria expliquait l'exercice suivant. Nous devions, l'un après l'autre, prendre position au centre de la ronde, en criant le premier mot qui nous viendrait à l'esprit, ce qui enclencherait un engrenage. Mes instincts de diva ont resurgi. À peine avait-il fini son explication que j'ai bondi, moi et mon mètre quatre-vingts, au centre de la ronde et, le bras en l'air, j'ai lancé un : Dieu ! inspiré par le *ooooohm* des camarades. Le tableau était parti. Peu à peu, les gens se sont positionnés, les uns hurlant de dévotion : PEUR ! VÉRITÉ ! SOUMISSION !, les autres, attaquant frontalement la divinité, ont rugi : MORT ! MENSONGE ! HALLUCINATION ! Je pouvais être assuré d'avoir attiré l'attention du *Gran señor*. Finalement, mon entité s'est vue cernée par la ronde des participants. Guria a ordonné *Al piso !* et nous nous sommes écroulés par terre. La gélatine des reins, des culs et des aisselles s'est abattue sur le plateau, préparant le terrain au frottage généralisé. Il est vrai que nous étions conditionnés. Toute école de théâtre qui se respectait connaissait le rite de l'amibe hédoniste. Dès que j'ai compris la tournure des choses, j'ai cherché Jackson. Nous avions l'expérience du harcèlement. Aussi avions-nous convenu que, chaque fois que ça fleurerait l'orgie, nous nous unirions pour nous protéger des invasions barbares. Quand j'ai pu détecter le talon de Jackson, j'ai escaladé sa cuisse et formé avec son corps un coquillage clos sur lui-même, sans rien laisser paraître de notre inquiétude. Enchevêtrés dans la colonie de chairs, nous nous sommes tortillés sur le sol en feignant d'y prendre plaisir. Pendant notre rituel affectif, Guria, avec une diction impeccable, nous a servi du Tchekhov.

— « Chaque jour toujours moins de forêts… Les rivières s'assèchent, les oiseaux disparaissent, le climat perd sa douceur et la terre s'appauvrit et s'affaiblit. »

La voix sereine a détendu l'essaim, l'excitation s'est calmée et l'assistante a entrepris de défaire les nœuds un à un. Je me suis affalé par terre, les yeux fermés. Je savais par cœur *La Mouette*, nous voulions tous jouer Treplev, le héros suicidaire, mais je méconnaissais *Oncle Vania*, *La Cerisaie* et *Les Trois Sœurs*.

Guria avait un sens aigu de la scène. Il a mis un morceau de Chopin et nous a laissés étendus là. La pause a duré une éternité, je me suis assoupi, je ne sais combien de temps. La voix sexy de la Française squelettique m'a soufflé à l'oreille que je pouvais me relever et m'habiller. Pendant que j'essayais de garder mon équilibre pour enfiler mon slip, j'ai remarqué que le nombre de candidats était passé à treize garçons et sept filles, les autres avaient été renvoyés. Dont Jackson. J'ai regretté le départ de mon partenaire, tout en admirant la manière élégante avec laquelle Guria avait conduit la sélection. Ceux qui étaient restés ont eu le droit à un bref entretien. Je suis passé en dernier. Je me suis assis en face de lui, rangée D du Cacilda Becker, il était tendu, transpirait, sa bouche tremblotait. Guria a souri énigmatiquement, les yeux rivés sur moi. Plus tard, j'ai découvert qu'il s'agissait d'une technique visant à garder le contrôle de la conversation. Il retardait l'exposé de ses idées, créait un suspense, ce qui tenait l'interlocuteur à sa merci. J'ai souri en retour, baissé la tête et une empathie réciproque s'est immédiatement installée. C'était comme une cour entre amants, un coup de foudre, je crois. Guria a fait part de son intention de monter *Oncle Vania* au Brésil, il a parlé de l'Amazonie et de nos richesses naturelles, m'a demandé si je connaissais la pièce. J'ai failli mentir, mais j'ai préféré être sincère, mon temps de réaction me trahissait. L'honnêteté m'a valu une nouvelle œillade approbatrice, je m'en sortais bien. *La Russie est très semblable au Brésil, l'immensité du territoire, la fin tardive de l'esclavage.* Je me suis contenté de l'écouter, je craignais de paraître naïf, de le décevoir, d'être qui j'étais. Guria a lâché un compliment inattendu, il m'a avoué que je lui avais fait forte impression. J'ai rougi. Et il m'a tendu une feuille ronéotée avec le texte qu'il avait récité et m'a demandé de le lire à haute voix.

— LES FORÊTS RUSSES...

J'avais adopté le ton de la dénonciation. *Chhhhhut*, m'a-t-il interrompu. *Parle pour toi et moi.*

Guria voulait de la suavité, ce qu'on ne m'avait jamais demandé. Ça m'a troublé. Je me vouais depuis cinq ans à agonir l'injustice du monde, je crachais mon indignation, déversais mes réjouissances didactiques. À l'Ipanema, je n'avais fait que de la figuration, jamais je n'avais été face à un vrai directeur et là je découvrais, dans cette audition avec le chamane des pampas, que j'ignorais tout de mon métier. Être choisi par Guria, c'était la chance tangible d'être racheté du chœur des fidèles fanatiques, des légions de révoltés, des croyants affranchis, de la militance folklorique. La peur, l'étonnement, la joie, la haine, le dégoût et la tristesse, c'était mon répertoire d'acteur, des émotions élémentaires que tout enfant est capable d'imiter ; mais les infinies nuances entre elles, les sentiments qu'elles font naître, les subtils ajustements de ma profession, tout cela était pour moi un domaine inconnu.

— Les forêts russes…, ai-je repris doucement, et il s'est fendu d'un *Bravo !*. Je ne me sentais plus. *Écoute en silence les mots, avant de t'en libérer, arrête-toi, crée une image, regarde et alors seulement va de l'avant. Fais-moi voir, rapproche-moi de toi.* C'était une version savante du cri primal que je venais de lancer contre mon saint grand-père. *La demeure des animaux, les oiseaux, les rivières, rien de cela n'est inconnu de qui est né ici*, a-t-il dit. J'ai pensé qu'il serait tellement plus simple de se déshabiller et de proférer des insultes – et j'ai risqué quelques pas encore. Peu à peu, le sens du texte s'est ouvert comme une fleur. À chaque sujet, verbe et complément conquis, je cherchais une confirmation dans les yeux de Guria et lui me renvoyait un signe positif. Pour la première fois, de fait, je m'approchais d'un auteur. *Eurêka ! Il est facile de crier, Mario. Plus difficile est de se faire entendre ; et tu n'y arriveras pas si tu ne comprends pas ce que tu dis*, a-t-il conclu. Je voulais le supplier de me donner le rôle. Avec la sensation de gravir un échelon important dans ce métier, de dire adieu au primaire, de n'avoir plus jamais à paître avec le troupeau.

— *Le travail commence dans deux mois.*

Ainsi était scellée l'invitation.

À la sortie du Cacilda Becker, au milieu des passants du Catete, j'ai ouvert le texte pour compter mes répliques. Inculte que j'étais, je méconnaissais la dimension d'Astrov, l'alter ego de Tchekhov, médecin comme lui, amoureux de la nature, buveur passionné, la figure centrale de *Vania*. Guria voyait en moi un héros. Je me suis assis sur le trottoir et j'ai sangloté de joie.

La suite a été un de ces rares miracles, la plus complète félicité, sans l'ombre d'une frustration. Un état de grâce d'une intensité que je n'ai plus jamais connue et dont je garde une nostalgie infinie. Mon Astrov est parti à l'assaut du théâtre brésilien. Cinq mois après notre rencontre, j'étais devenu un dieu de la rampe, le sex-symbol de la contre-culture, l'archétype de l'homme idéal, Dionysos ressuscité. Guria avait pris un risque considérable en me mettant à l'affiche. J'étais un acteur immature, entouré d'une distribution chevronnée qui n'avait nul temps à perdre avec moi. Sur les soixante-dix candidats de l'audition, seuls quatre avaient été retenus, moi et trois autres, affectés à des rôles secondaires. Je n'avais ni l'âge, ni l'étoffe, et encore moins l'intelligence du nihilisme enivré du personnage. Guria a exigé que je prenne du poids et que je me laisse pousser la barbe, il voyait en Astrov un grand ours en hibernation. Le matin, je répétais nu dans la forêt de Tijuca, j'imitais l'existence animale, ensuite je visitais les hôpitaux publics, j'étudiais la fatigue des médecins. Je me suis mis à boire, en croyant que l'alcool aiderait le personnage à se déployer. Je me suis abandonné à Guria avec l'aveuglement dévot d'une novice. La répétition terminée, il s'enfermait avec moi et m'épuisait jusqu'à l'aurore. Son niveau d'exigence frôlait la cruauté. Il s'énervait quand je ne donnais pas ce qu'il attendait, m'humiliait devant les autres acteurs, disait qu'il regrettait de m'avoir pris, mais parfois aussi il me récompensait par des miettes d'applaudissements.

Adulé par le metteur en scène, Ivo Nogueira, notre Vania, était un acteur d'exception, avec un long parcours de seconds rôles, à qui Guria avait offert la chance d'un rôle principal. Un jour terrible où le bourreau de Buenos

Aires avait menacé de me remplacer, Ivo m'a tiré du caniveau. Désespéré de ne pas être à la hauteur du théâtre sacré d'El Genio, j'ai étreint mon camarade en pleurant près de la bouche d'égout, devant la sortie des artistes. Mario, m'a-t-il dit, le type t'aime, s'il ne t'aimait pas, il ne ferait pas ce qu'il te fait. J'étais sur le point de jeter l'éponge. Le théâtre, a-t-il repris, est une étrange anomalie. Guria veut que tu rampes, il fait partie de ces directeurs qui estiment que l'acteur doit souffrir pour cesser d'être qui il est, a-t-il expliqué. Ça marche. Pour moi, je ne sais pas, mais j'ai déjà vu ça marcher. Ton Astrov, c'est un pari personnel de Guria, tiens bon, tiens, parce que les lauriers viendront. Et si l'opinion d'un acteur en fin de course a quelque valeur, a-t-il ajouté, tu te souviendras un jour avec nostalgie de cette torture. Ivo avait raison ; aujourd'hui, il ne me reste que le souvenir des grands jetés, des pirouettes et du vertige sur scène. Et de l'amour de la divine Elena de Raquel Jablonovski, une prodigieuse comédienne, une amante prodigieuse. Qui l'a vue ne l'a jamais oubliée. Je ne l'ai jamais oubliée. Ma passion sans remède, ma diablesse, ma chute. Comme moi, de même, j'ai été sa chute.

Raquel a imaginé une Elena oblique, évasive, séductrice. Au début, nous nous regardions à peine. Nous lisions le texte à la table, le visage tourné vers notre feuille. J'avais l'impression qu'elle ne me vouait aucun respect. Intimidé, j'étais comme acculé, face à un sphinx. Avec un charisme suffisant pour convaincre dans les longs monologues où Astrov médite sur la misère des campagnes et la destruction de la nature, j'étais incapable de la séduire, et moins encore d'atteindre la fièvre ironique du médecin devant celle qu'il aime. Quand il a fallu mettre en place le spectacle, j'ai dû lui faire face. Après quelques tentatives décevantes, Raquel a suggéré que nous jouions seuls, sans Guria, la scène où Astrov déclare sa passion à Elena. Je suis arrivé tôt, elle était déjà là. Raquel s'est approchée avec un sac de cadeaux. Froidement, elle m'a demandé de l'ouvrir. C'était une chemise élégante, un costume en lin et des chaussures en cuir. Astrov est un homme, a-t-elle dit, habillé comme tu es, ça ne t'aidera pas. J'ai regardé mon jean râpé, mes vieilles baskets, mon t-shirt d'ado et j'ai eu honte. Elle avait raison. J'ai souri gêné, j'ai dit que j'allais sortir, mais elle m'a demandé de me changer là, devant elle. Sois un homme, a-t-elle dit. J'étais muet, l'atmosphère se faisait pesante. Sois un homme, pour moi, a-t-elle répété. Ma queue s'est durcie, je ne la contrôlais plus. Lentement, j'ai ôté ma chemise. Tout le rituel. J'ai retiré mes baskets, mes chaussettes et, pour finir, mon pantalon. Mon corps tendu, exhibé. Elle a passé ses yeux sur mon torse, sur ma queue. *Maintenant, je vais te soumettre à un interrogatoire*, a-t-elle dit, extrayant une phrase du texte. *Parlons sans détour, en personnes honnêtes. Il s'agit de Sônia, ma belle-fille. Tu l'aimes ? Non*, j'ai été franc, je n'avais aucune attirance pour Sônia, la fille de Bia Alencar, la laide et profonde Bia, que le marché s'appliquait à écarter parce qu'elle manquait de sex-appeal. Je ne ressentais rien pour elle, la preuve, je n'avais aucun frisson. Raquel m'a tendu le pantalon. Je l'ai mis. *Encore un mot et j'ai fini*, a-t-elle repris. Déjà moins vulnérable, je l'ai dévisagée d'égal à égal. Raquel était aussi attirée par moi que moi par elle, je le découvrais. Cela abolissait les différences d'âge, de talent, de renommée. Nous étions deux animaux semblables. *Ne me regarde pas comme ça, ma chère petite tigresse, je suis un vieux loup de mer*… Et Raquel m'a tendu la chemise froissée, satisfaite de son Astrov. *Tu sais très bien ce qui m'amène ici, une belle petite tigresse à la peau soyeuse. Ça fait un mois que je tourne en rond, je délaisse tout, je n'ai envie que de toi,* et je l'ai embrassée, sans plus savoir ce qui était réel. Le monde a fait un tour, le théâtre. Guria nous a interrompus au plus fort de la partie, sinon nous aurions concrétisé. À la répétition de l'après-midi, nous nous sommes surpassés, effrayés nous-mêmes par l'intensité des sentiments. Nous n'avons jamais commenté ce qui s'était passé. C'était inutile. Animés par cette furieuse attirance, nous avons préféré l'investir sur scène. Et nous avons très bien fait de garder ça pour nous. Tout l'après-midi, nous attendions impatients la rencontre du soir ; dans les coulisses nous gardions des distances polies pour nous dévorer sur le plateau, devant les autres, excités par l'exhibitionnisme qu'autorise le théâtre. Guria m'a beaucoup appris, Raquel m'a tout appris. À être un homme, à tester les limites qui séparent l'acteur de son rôle.

Le décor consistait en une forêt de troncs clairs et lisses, avec au fond un grand miroir qui démultipliait les rangées d'arbres. Ni feuilles ni branches, tout était sec, essentiel. Les colonnes servaient aussi à simuler l'intérieur de la maison, pas de mur, de porte, de rideau, aucun excès. Je portais un costume froissé, qui rappelait celui que Raquel m'avait offert et que j'ai mis toute la période des répétitions ; et en bandoulière, une sacoche en cuir. Les efforts physiques quotidiens ont doublé ma cage thoracique, les cris primaux des exercices dans la forêt ont accentué mon registre de basse. Je suis devenu l'ours doux et violent que Guria avait imaginé pour moi. Raquel arborait une longue robe en lin et un corsage de soie boutonné jusqu'au cou, avec un ruban épais qui se défaisait au fil des actes. Vania, dans un pyjama élimé. Un minimalisme raffiné. Guria aurait craché sur les fourrures de moutons des avant-postes de Stein.

Mon Lear découle de cet Astrov, de mon souhait de le rééditer. Je n'avais pas l'âge pour ça. Ni celui d'Astrov, ni celui de Lear, mais j'ai cru que je pouvais être deux fois béni des dieux. Ce n'est pas ce qui s'est passé. Le hasard décide. Ça ne se produira plus jamais. Je pouvais sentir le public frissonner sous l'effet de ma présence, les silences atomiques. J'attendais que passe une toux, je maîtrisais le temps exact des éclats de rire, des soupirs, ma voix embrassait le théâtre, le remplissait, comme s'il s'était agi d'une matière concrète. Quelle nostalgie j'ai, mon Dieu, de ce temps-là. Avant le lever de rideau, enfermé dans ma loge, silencieux, je me regardais dans le miroir, c'est tout juste si j'arrivais à y croire, j'implosais de tant d'allégresse, féroce, passionné. Astrov, Astrov, Astrov, quelque chose dépassant de loin ma petite personne, un être suprême que j'avais réussi à atteindre. Les applaudissements comptaient, bien sûr, mais c'est de ce moment dans ma loge que je me souviens le plus, de l'odeur des coulisses, du souffle chaud de mon Elena et de l'exemplaire de la pièce que j'ai mis dans ma sacoche en cuir, pour me rappeler la source de tout ça. Tout Rio s'est offert à moi. En une semaine, la file faisait le tour du pâté de maisons, femmes, filles, garçons, tous au-dehors nous désiraient. La rumeur qui montait, chaque fois que nous entrions dans la salle du restaurant Fiorentina, au cours de nos longs dîners après le spectacle. La reconnaissance de nos pairs. Mais rien de tout cela ne se comparait au délire dans l'arène, à la sensation de me délivrer de moi-même, d'être un autre, d'être autant d'êtres que je voulais, ce que je voulais, quand je voulais. J'ai cru que ce serait pour toujours, erreur. Les premières années sont faciles, le plus dur est de persévérer, dit Nina, l'héroïne de *La Mouette*. Tchekhov le savait, il est difficile de se réinventer à la soixantaine. Je n'y suis pas parvenu.

Guria m'a attendu dans les coulisses après la première. Il souriait avec orgueil à sa Galatée. Je suis allé vers lui, l'ai pris dans mes bras et ai été secoué d'un accès de larmes, accroché au despote. Je l'ai embrassé sur la bouche, je lui ai dit que j'aurais envers lui une dette éternelle. Guria m'a tapoté la tête, il me traitait comme un ver, mais aussi comme son fils. *Tout va aller très vite, ne t'égare pas, prends soin de toi.* Puis il a pris un air grave et a poursuivi : *Il n'y a qu'au théâtre que tu seras libre, Mario, dans cette horreur appelée théâtre, ne l'oublie pas.* Et il m'a prévenu qu'il était sur le point de quitter le Brésil. Il avait reçu une invitation pour s'installer dans l'Italie profonde, un centre de recherche sur les arts du spectacle. Il avait songé à m'appeler, mais la barrière de la langue m'aurait fait reculer de vingt cases, ce qu'il ne me souhaitait pas. Mon cœur s'est pétrifié, je l'ai regardé, paniqué, je perdais un père, le démon de mon père. *Le monde commence à s'ouvrir à toi, Mario, cultive le talent que tu as, et ne confonds jamais le mouvement et l'action.*

Longtemps je m'en suis tenu aux conseils de mon bourreau. Nous avons parcouru le Brésil avec *Vania*. Pour la première fois, j'ai mis les pieds dans des théâtres prestigieux. J'ai appris à redimensionner mon corps et ma voix à l'immensité des espaces. Quand je suis revenu à Rio pour clore l'aventure par une saison populaire au Théâtre João Caetano, j'étais devenu un acteur consacré. Les invitations se succédaient. J'ai quitté l'étroit logement que je partageais avec Jackson et le couple de musiciens et j'ai déménagé dans un deux-pièces à Ipanema. Accomplissant la promesse que j'avais faite à Guria, je vivais de mon travail, sans y croire vraiment.

À la dernière, après l'ivresse de l'ovation, nous avons attendu la main dans la main que le rideau se baisse. Puis nous avons formé un cercle et nous sommes embrassés, inconsolables. Pour la dernière fois. Nous avons reçu les amis sur la scène, avons bu à la conclusion de ce cycle, et tout le monde est monté dans les loges. Je suis resté sur place. Éclairé par la sinistre lanterne de secours, le régisseur a commencé le démontage. Les troncs se sont écroulés l'un après l'autre, dans un grand vacarme. Terre dévastée. *Cada día es menor y menor el número de bosques*... La voix de Guria m'est revenue en mémoire. J'étais orphelin de ma forêt. Je suis monté me changer, Ivo était déjà parti, nous nous sommes donné rendez-vous au Fiorentina pour l'ultime banquet. Hagard devant la glace, je ne savais que faire de moi sans mon Astrov. J'ai rassemblé mes affaires étalées sur la tablette, le reste de maquillage, les cartes, les fleurs, les photos. Soudain j'ai tout arrêté. J'ai déprimé, me suis effondré. La porte s'est ouverte. C'était elle. Raquel. Son souffle, son parfum, je n'ai pas eu besoin de me retourner pour savoir que c'était elle. Nous n'avons pas échangé un mot, je savais pourquoi elle était là, et j'en ai rendu grâce à Dieu, car l'idée de ne pas la revoir le soir sur scène m'effrayait autant, sinon plus, que celle de devoir redevenir moi-même. Raquel s'est approchée lentement, elle a posé ses mains sur mes épaules, ses doigts effilés, ses fins poignets. Je les ai tenues dans mes mains et nous sommes restés de longues minutes comme ça, en silence, sachant bien que nous nous devions un intime adieu. Je me suis levé brusquement, l'ai attrapée par la taille et nous nous sommes noyés dans un baiser désespéré. Il n'y avait plus ni Astrov ni Elena, c'était moi, elle, et le deuil de l'autre. Nous avons roulé dans la poussière de la loge, concrétisant ce que l'année avait préfiguré. Pour la première fois, nous nous touchions sans l'écran de nos personnages. Je mens, Tchekhov était là, comme il l'a toujours été, décuplant notre imagination. Les Russes baisant entre eux. À la fin, nous sommes restés collés l'un à l'autre, les yeux fermés, nous savions que ce qui nous attendait dehors ne pourrait jamais être à la hauteur de ce qui s'était passé entre nous.

— *Navalha na carne*, a murmuré Raquel, suggérant un point de fuite. Les répétitions commencent dans un mois, j'ai proposé ton nom, ils ont déjà dit oui.

Ma mère est sortie de la salle de bain, prête à aller dormir. Il m'a fallu bien du temps pour quitter l'état de transe où j'étais, surpris d'avoir exhumé le fantôme de Raquel. Cela faisait des décennies que cet amour calamiteux m'était sorti de la tête. Les deux me faisaient peur, Raquel et Maria Amélia, et maintenant l'une ressuscitait l'autre. Ma mère s'est assise sur le lit, elle n'était déjà plus celle à qui je venais de parler. Celle qui me regardait maintenant, c'était l'épouse. Elle avait l'air triste. Je me suis approché plein d'attention et j'ai senti sa main attraper mon bras. Elle m'a tiré vers elle et m'a murmuré qu'un jour la vie nous donnerait un enfant. Ce n'était pas cette fois, a-t-elle dit, sombre, et elle a laissé retomber sa tête sur ma poitrine. Elle pensait être hospitalisée à cause d'une fausse couche. Insanité maternelle. À chaque absence de Maria Amélia, c'était comme si quelque chose se brisait en moi. Je me suis dit que la mort serait moins cruelle, aussitôt pris de remords à l'idée de désirer sa fin. Investi du rôle de mari, je l'ai serrée dans mes bras, l'assurant qu'un jour, oui, nous aurions un enfant. J'ai attendu qu'elle se détende et j'ai appelé le médecin, en demandant qu'on lui administre un sédatif. L'infirmière lui a fait une injection et a soigné mon œil blessé. Je l'ai remerciée. Jusqu'au lever du jour, j'ai tiré des plans sur la comète. Progressivement, je viderais l'appartement où habitait Maria Amélia, je vendrais ce qui ne tiendrait pas chez moi et le louerais pour contribuer aux frais.

Le lendemain matin, nous avons quitté l'hôpital et avons commencé une nouvelle vie.

Sur le chemin, elle a tenu à passer par le Jardin Botanique. Elle voulait revoir le lycée et la maison dont elle avait rêvé. À la place de l'école et de l'ancienne bâtisse allemande, il y avait deux immeubles en verre fumé. Ma mère n'a rien dit, elle m'a seulement agrippé, s'est assombrie et a demandé de reprendre la route. Je l'ai compris alors, elle n'avait pas rêvé. Avant de se noyer, le plus probable était qu'elle avait erré seule par les lieux où elle avait vécu ; après seulement, elle s'était jetée à la mer.

Maria Amélia s'est tue quand j'ai ouvert la porte de chez moi. Du temps où elle était encore saine d'esprit, elle venait rarement me voir ; c'était moi qui, le plus souvent, allais lui rendre visite dans son appartement de Copacabana. Elle m'a demandé pourquoi j'avais recouvert le mur de briques apparentes. J'ai supposé qu'elle et mon père avaient vécu dans un cadre similaire avant ma naissance. J'ai dit que j'avais fait des travaux, que je voulais repartir à zéro, cette perte n'avait pas été facile pour moi. Et j'ai feint d'être accablé par cette grossesse interrompue qui n'avait jamais existé. Elle a compris. J'ai noté que Maria Amélia se calmait quand elle me voyait abattu, peut-être un reste de sentiment maternel qui résistait. Je me suis mis à jouer les malheureux. Chaque fois que nous allions vers la confrontation, je faisais un pas de côté, affligé, et elle baissait d'un ton. C'était un excellent antidote. Elle a demandé des nouvelles de sa bonne, j'ai évité de rappeler la crise cardiaque, j'ai raconté qu'elle était toujours en vacances, dans le nord du Brésil, chez sa famille. Maria Amélia a gobé le mensonge. Je commençais à maîtriser mon rôle.

J'ai installé ma mère dans mon bureau, lui ai administré son calmant, j'ai attendu qu'elle s'endorme et me suis enfermé dans ma chambre. J'ai appelé Gomes. Il voulait un délai pour clôturer le bilan destiné au ministère et m'a conseillé de trouver un boulot. Il y a un trou dans la caisse, a-t-il dit, mieux vaut se préparer. J'ai promis de traiter les choses une à une. Je devais attendre que mon œil dégonfle avant de chercher du travail. Et avant encore, il me fallait trouver quelqu'un pour veiller sur Maria Amélia. Ma mère ne le savait peut-être pas, mais une partie d'elle-même voulait mourir. Se tuer. Comme Raquel l'avait fait. Je ne pouvais pas laisser faire. Pas deux fois.

Les petits-fours de l'enterrement d'Astrov et d'Elena ont coïncidé avec la première répétition de Vado et de Neusa Sueli[1]. L'échange promettait. Nous abandonnerions la mélancolie des steppes russes pour l'hystérie de la misère nationale. J'ai refusé des propositions alléchantes, des films, des contrats. Peu importaient la mise en scène au ras du sol, la production pouilleuse et le théâtre minuscule, nous serions ensemble, sur le ring, amarrés l'un à l'autre par le bastringue de Plínio Marcos.

Le texte évoque vingt-quatre heures de descente aux enfers d'une prostituée et d'un maquereau du bas São Paulo. Le contraire de ce que nous avions été jusque-là. Mon côté gougnafier a surgi sans effort. Je l'ai joué patelin, brutal, sarcastique, dans la lignée de Jece Valadão, que j'avais vu incarner le salaud dans un vieux film de 69. Jece ne jouait pas, il était lui-même. Comme moi, à mon tour sans cri, sans excès. Vado m'a guéri d'Astrov. Adieu le héros prophétique, que vienne à moi la canaille maudite.

1. Personnages de *Navalha na carne*.

J'étais satisfait du choix. Neusa Sueli, en revanche, dégoûtait ma partenaire. Raquel était assez masochiste pour assumer la désagrégation de la pute de Plínio, c'est ce qui lui avait fait accepter le rôle, mais en pratique la décadence du personnage lui répugnait. Après un mois de filage, quand nous avons commencé à jouer le spectacle pour de bon, l'aversion est devenue manifeste. Elle s'en voulait d'avoir accepté mais n'avait pas le courage de se faire remplacer. Du coup elle humiliait le metteur en scène, l'équipe, on aurait dit une chatte en cage. La noblesse insaisissable d'Elena de *Vania* s'était complètement envolée, et de cette femme délicate est sortie une bête odieuse qui m'avait choisi pour être son punching-ball. Raquel ironisait, me traitait de marlou de pacotille, elle échafaudait des plans pour me faire tomber du piédestal. Elle s'était mis en tête que tout était sain entre nous. J'avais des envies de la sortir de scène, chaque fois qu'elle interrompait l'échange en me traitant d'amateur, de petit garçon, en exigeant de recommencer à zéro. *Da capo !* piaillait-elle. Elle voulait que je la frappe. Je la battais, lui donnais des coups de pied, la tirais avec fureur par les cheveux, mais ce n'était pas assez, rien n'était assez. Sans vestige aucun de notre ancienne idylle, nous allions vers un crève-cœur colossal. À la sixième semaine d'épreuve, elle s'est fourrée dans un taxi avec moi, après une répétition qui m'avait valu bleus et griffures au bras et au cou. Elle affichait un sourire excité et a envoyé le chauffeur à Lapa. J'en ai marre de mentir, a-t-elle dit. Elle était folle, Raquel, une actrice suicidaire, de celles qui tombent malades pour le rôle. Nous sommes descendus devant un boui-boui, elle a salué les morues ; j'ai découvert qu'elle faisait le trottoir dans le secteur depuis le début des répétitions. Nous avons grimpé l'escalier borgne et nous sommes assis dans un coin. Nous avons bu et fumé en observant les Vado et Neusa Sueli du lupanar moisi. On peut attraper la syphilis par osmose ? Je le craignais. Au cinquième verre de whisky paraguayen, elle a enfilé sa main dans ma braguette et la soirée s'est terminée par une baise ravageuse sur le canapé de son appartement. Quand le soleil est revenu à son zénith, Raquel s'est couchée sur le côté et s'est endormie. Il y avait longtemps que je ne l'avais pas vue comme ça, rassasiée. Nous nous sommes réveillés en fin d'après-midi, en retard pour le travail. J'ai couru sous la douche, mais elle m'a arrêté, elle m'a dit que Neusa Sueli aimait mon odeur. Je n'ai pas discuté, j'étais devenu l'esclave de ses volontés. La fatigue a pimenté l'affaire ; complices, nous en sommes arrivés à la scène où Vado et Neusa Sueli accusent la pauvre petite voisine de voler l'argent de la commode. Nous sommes tombés sur la malheureuse comme des rapaces. À la fin de la journée, j'estimais que j'avais droit à une pause, mais Raquel a voulu remettre ça. Cette fois, nous sommes allés dans les cloaques pour une nouvelle virée de débauche, suivie d'une partie de jambes en l'air et cachaça. Et ça a continué comme ça *ad libitum*. Le matin nous baissions le rideau, maculés de nos orgies, et nous ne nous réveillions qu'à la nuit tombée, juste à temps pour nous éreinter sur la scène étroite. À une semaine de la première, elle tenait désormais les cartes en main. Raquel avait gagné, elle dominait la scène, décidait du sort. Je vacillais, épuisé, au gré de ses caprices. Mon Vado s'est converti en eunuque. Au lieu de deux camarades, nous étions maintenant engagés dans une compétition virulente. Nous nous agressions pour un rien, un couple en fin de course, je n'avais plus jamais le dessus. Un soir, je suis sorti du théâtre au bout du rouleau. Raquel avait fait tout un foin parce que je lui avais attrapé trop fort le menton, dans la scène où je la traitais de vieille. Ce n'était pas le menton le problème, je le savais, c'était la traiter de vieille. J'ai découvert son point faible. Comme Neusa Sueli, Raquel arrivait à la quarantaine et commençait à voir s'éloigner les rôles de jeune fille ; elle aurait bien fait appel à la chirurgie esthétique, elle craignait de vieillir. Avec mes vingt-sept ans, j'étais pour elle une insulte. Sa névrose avait beau être en pleine forme, elle savait que celui qui s'en sortait finalement dans la pièce, c'était le ballot que j'étais. Vado abandonne la catin à son lit, après lui avoir fait miroiter une partie de foutre, et passe la porte, l'air filou, en route pour de nouvelles aventures. Neusa Sueli se contente de marcher jusqu'au seuil et de lui demander, impuissante : *Tu vas revenir ?* Raquel ne supportait pas ça. J'ai attendu qu'elle termine son gnagnagna comme quoi je lui avais démis la mâchoire, j'ai tourné le dos, ramassé mes affaires et marché dans la rue sans lui accorder plus d'attention. L'apparition a resurgi à bord d'un taxi. Encore une fois, avant la première, a-t-elle dit mielleuse. Mon exaspération l'avait prise de court. Nous sommes descendus devant la vieille bâtisse du Centre, par une nuit brûlante de mars, la rue puait la charogne. Nous nous sommes installés à une table du fond sans nous parler. Elle a bu comme un trou, a dansé avec les traînées, sans me lâcher du regard, puis nous nous sommes perdus de vue. Je la croyais partie en m'ayant planté là par vengeance. J'ai pensé plier bagage, mais l'épuisement l'a emporté. Je n'ai pas bougé, vidé, à regarder une pute décatie exécuter gauchement un strip-tease ; j'ai fredonné la rengaine du bordel accompagné au tourne-disque par Odair José, *Je vais te sortir d'ici…*, et j'ai retrouvé un peu de pêche à l'idée de mettre la chanson à la fin de la pièce. C'est alors que Raquel a réapparu du fin fond du bar, en tirant un type bizarre derrière elle. Il veut savoir combien c'est, a-t-elle dit. Je n'ai pas bien pigé le propos. Le monsieur là veut savoir combien c'est et je lui ai expliqué que c'est toi qui décides de ça, a-t-elle insisté. J'ai rigolé, comme si la plaisanterie s'arrêtait là. C'est tout pour aujourd'hui, ai-je répondu en lui prenant la main, sèchement, pour déguerpir. Raquel n'a pas bougé d'un iota. Il est d'accord pour que tu nous mates, m'a-t-elle défié. J'étais pétrifié. Si je me défilais, j'enterrais mon Vado une fois pour toutes. Je me suis risqué : Trente patates, vingt minutes, trente. L'homme a sorti quelques billets de sa poche et me les a tendus. J'ai pensé : Échec et mat, elle va reculer. Mais la folle a attrapé le mec par le bras, elle a pris les devants et s'est dirigée vers l'escalier. Je l'ai suivie en m'accrochant à la rampe, enivré par les effluves de déodorant à deux sous qu'exhalait le péquenaud. Trapu, gominé, deux marques de sueur aux aisselles. Raquel est entrée dans le premier hôtel sans étoile, elle a payé d'avance la chambre pour une heure, et elle est montée. J'ai pensé faire demi-tour, la laisser là avec son rat de laboratoire, cette vraie merde de théâtre vérité, mais demain, quel Vado je ferais ? Nous sommes entrés. J'ai fermé la porte et me suis figé, incrédule. Raquel, à genoux, a ouvert la ceinture du courtaud et lui a sucé la queue en une sorte de transe, de dévotion. Une excitation bizarre m'est montée à la tête, j'ai été pris de jalousie, j'en avais ma claque de cette greluche. Le type a poussé un grognement de plaisir dégoûtant et j'ai sifflé la fin de la noce. J'ai chassé le gredin, poussé le verrou et contemplé le fauve. Raquel, toujours à genoux, m'a ri au nez. *Salut, tu es là ?* J'ai répliqué : *Qu'est-ce que tu crois ? Tu ne rentres jamais si tôt.* J'ai repris, fidèle au texte, très au point : *C'est que je ne suis pas rentré, pauvre truie, je ne suis même pas encore sorti. T'es malade ? Malade, mon cul. Du calme, pas besoin de s'énerver*, a-t-elle poursuivi en reboutonnant son chemisier avec une tête d'idiote. *Tu veux faire la maline ? Je vais te faire grimper au ciel.* Et je lui ai tordu le bras sans ménagement. *Tu me fais mal. Tu n'as encore rien vu, sale garce.* Acide, j'ai décollé Raquel du sol et balancé son corps sur le matelas à ressorts. Je me suis assis sur ses hanches, je tenais ses mains avec mes jambes, elle se tortillait comme une vierge souillée. Neusa Sueli. J'ai giflé son visage, je voulais exorciser le démon. *Où est le fric*, ai-je dit, *où est le fric ?* Les répliques se succédaient, nous étions prêts à lever le rideau. Dans la scène finale, Neusa Sueli se plaint que Vado ne vienne plus la voir. Il promet des bribes d'amour, mais part sans s'exécuter et en claquant la porte. C'est ce que j'ai fait, j'ai laissé là Raquel, allongée sur le lit de ce trou à rat. Au bout de la galerie fétide, devant une plaque rouillée avisant qu'il était interdit de traîner dans le couloir, j'ai entendu le dernier soupir de la pièce : *Tu vas revenir ?* Non, Raquel, je ne reviendrai plus.

Nous avons débuté quatre jours après cette nuit-là. Les derniers filages ont ébahi le metteur en scène. Elle avait raison, j'avoue. Sans cela, mon Vado n'aurait été qu'un voyou de quartier. Maintenant, je m'enfermais dans ma loge sans lui adresser un regard, et une fois encore, je réservais tout pour la scène. Yan Michalski a tressé des éloges à la gloire de notre débâcle, à la une du cahier « Culture ». L'étroitesse du plateau obligeait le public à se protéger des crachats et des coups. Certains se levaient indignés et demandaient à être remboursés. Un scandale. Si Astrov avait réveillé la libido des plus sensibles, Vado a mis le feu à des quartiers entiers. C'était ma revanche. Chaque jour, je sortais avec une, deux, trois filles. Raquel en était témoin, mais ne disait rien, personne n'en tirait de plaisir. Elle s'est mise à boire, à se défoncer, elle déclinait. Neusa Sueli y a mis fin.

Le théâtre est un métier périlleux, il faut tenir le personnage à distance raisonnable ou s'immoler, comme Raquel. Moi aussi, j'ai souffert des effets du maquereau de Plínio sur moi-même. Je suis devenu un fieffé salaud, je ne croyais plus en l'amour, j'ai fréquenté la racaille. Bronzage impeccable, eau de Cologne importée, chemise débraillée, les poils à l'air. Le triomphe de l'âge. Je jouissais de l'entendre demander, au moment où la salle replongeait dans le noir.

— *Tu vas revenir ?* — Non, Raquel, je ne reviendrai plus.

Elle a esquissé une réaction. Elle a accepté qu'un parrain de la Boca do Lixo[1] de São Paulo lui fasse la cour. Le truand lui a promis monts et merveilles dans l'un des films intello-érotiques de l'époque. Il nous voulait tous les deux à l'écran, mais elle m'en a préféré un autre, j'ai laissé courir. Nous avons joué six mois à Rio et six autres à São Paulo. Ennemis mortels sur la scène comme à la vie. Nous avons fini sur les rotules, trop de théâtre nous avait lessivés. Elle s'est lancée comme star dans les versions chics de l'industrie de la *pornochanchada* et je suis parti vers les plages de Bahia. J'ai décidé de prendre des vacances, avant de m'enterrer dans une fazenda de la région pour vivre

1. Quartier de prostitution, où ont été produites nombre de *pornochanchadas* (une version brésilienne édulcorée du film X), à la fin des années 70, et qui a attiré à la marge un cinéma alternatif.

comme Riobaldo, au service d'une version Cinema Novo de *Grande Sertão* qui ne s'est finalement jamais concrétisée.

Je suis allé la voir à l'écran à mon retour de Trancoso. *Adelle* était un film exécrable, à la croisée de Bergman et d'*Emmanuelle*. Raquel se baladait à poil presque tout le film, dans le rôle d'une femme de la haute qui, après avoir servi les tares de la bourgeoisie, est cooptée par la guérilla et découvre l'amour auprès d'une activiste de l'ABC. Dans une scène abominable, elles baisaient sans voile toutes les deux, la caméra filmant tout du plafond : jambes en l'air à volonté pendant que tourne la pellicule. Après d'interminables gémissements, le couple feignait un orgasme à l'unisson, Raquel roulait d'un côté et l'autre, une incurable cabotine, allumait une cigarette et marchait vers la fenêtre en déclamant un paragraphe incompréhensible de Schopenhauer, ou quelque chose du genre. À la fin de la litanie, Raquel susurrait à l'oreille de sa petite amie, *Amour, reviens t'allonger, je meurs de désir*, et les deux reprenaient leur infâme *oh-ah-ahhh*. Si je ne suis pas sorti tout de suite de la salle, c'est parce que dans la séquence suivante les sbires du DOPS[1] mitraillaient la cache d'une prétendue cellule communiste et criblaient de balles la gauchiste bien-aimée. Raquel simulait des pleurs sur le corps ensanglanté de la martyre, puis, sans raison aucune, courait nue sur une plage déserte, en se roulant dans le sable comme une escalope panée, en pleine crise de dépression. Je suis sorti du cinéma écœuré, en me demandant pourquoi elle s'était pliée à cette vulgarité drapée en acte de résistance politique. Les actrices se soumettaient à

1. Le Département d'ordre politique et social, chargé de la répression et de la torture sous la dictature.

tout type d'exploitation, convaincues que se déshabiller était un acte libertaire. La promotion du film incluait la une du principal magazine masculin d'alors. Je l'ai feuilleté, des photos gynécologiques de Raquel sous toutes les coutures, le visage feignant un orgasme minable. J'ai voulu lui demander pourquoi, mais n'en ai pas eu le courage.

Je suis rentré chez moi le magazine froissé sous le bras. J'ai essayé de me calmer, je n'y arrivais pas. À la tombée de la nuit, j'ai pris un taxi et j'ai frappé à sa porte sans prévenir. J'ai sonné, furieux, Raquel a ouvert, effrayée, elle était maigre, détruite. *C'est ça que tu veux faire de toi ?* Je l'attaquais, j'avais envie de lui envoyer le magazine à la figure. Raquel m'a repoussé, a hurlé pour que je sorte. Je suis revenu de force, j'ai vociféré des ignominies contre ce film dégradant, cette course ridicule à poil sur la plage, j'ai imité la bacchanale avec l'actrice de cinquième catégorie, je lui ai demandé combien on l'avait payée pour l'essai porno-photographique. Raquel a marmonné, disant que je n'avais pas le droit de me mêler de sa vie, elle répétait qu'elle était beaucoup plus heureuse comme elle était que dans ce théâtre de poche avec moi. Elle exigeait que je sorte, m'a traité de goujat. Soudain, nous nous sommes tus. Raquel s'est mise à pleurer, moi aussi je pleurais, terrifié, agenouillé à ses pieds. Je lui demandais : *Pourquoi ? Laisse-moi, Mario*, demandait-elle, *laisse-moi, on ne me changera pas, va-t'en, je ne sais pas quoi faire de moi.* Raquel s'est penchée, ses épaules se sont inclinées, ses cheveux cachaient son visage. Je l'ai prise dans mes bras, j'ai dit que je l'aimais, lui ai demandé ce qui n'allait pas. *C'est rien, c'est moi. Je ne suis pas douée pour la vie.* J'étais sceptique : *Comment ça ?* Et je l'ai embrassée tout entière, comme pour la guérir. Nous avons fait l'amour. Nous avons fait l'amour doucement, comme rarement nous l'avions fait. Délicatement. Nous avons dormi ensemble, apaisés. Quand je me suis réveillé, elle m'a apporté un café. Elle m'a promis de prendre soin d'elle, de m'appeler quand elle irait mieux. J'ai insisté, je voulais savoir ce qui se passait. Elle n'a pas voulu répondre, elle n'a pas sollicité d'aide comme elle l'aurait dû.

Six mois plus tard, Raquel refaisait les unes. Morte. Sa relation tumultueuse avec le manitou du bas São Paulo, ce producteur méprisable qui l'avait convaincue de devenir le sex-symbol du versant intello de Boca do Lixo, s'était finie en tragédie. Raquel l'avait trahi avec le beau gosse d'*Adelle*, une crapule détestable connue pour son endurance à tout type de drogue. Offensé, le ponte avait remis à la presse de caniveau des photos d'elle au côté de la star du porno, prises au cours d'une funeste tournée. Voilà ce qu'elle n'avait pas voulu me dire, la nuit où j'avais essayé de l'aider : on la faisait chanter. J'avais honte de moi. Raquel s'était réfugiée au Vips, un motel de l'avenue Niemeyer, et avait passé trois nuits avec la canaille toxico. À la fin, il a pris ses cliques et ses claques et elle s'est jetée par la fenêtre. Elle n'a pas supporté un deuxième Vado. Dans les rétrospectives de la presse, nous étions associés, elle et moi, Elena et Astrov, Neusa Sueli et Vado. J'ai ressenti une terrible culpabilité, comme si j'avais été responsable du déclin de cette femme.

Le suicide de Raquel m'a éloigné du théâtre. De la malédiction d'être toujours en scène. Je me suis juré de ne plus jamais aimer une actrice. Pour être honnête, je n'ai plus jamais aimé personne, pas de cette façon, pas avec une telle fureur, pas dans cette démesure.

Carine, ma cousine au chômage, a bien voulu assurer l'intérim chez moi en mon absence. Nous avons convenu d'un salaire raisonnable, sans rien signer. Le jour où elle l'a vue plantée au milieu du séjour, Maria Amélia en a presque fait une crise de jalousie. J'ai eu beau mentionner ma tante, ma grand-mère, mes cousins, elle a claqué la porte de la chambre, piquée, et s'est mise à faire les cent pas. J'ai réitéré mon numéro, me suis dressé en victime, ai haussé le ton, crié que je n'étais pas homme à avoir une liaison avec ma propre nièce. Elle a cessé son manège, son visage, sa bouche, ses yeux se sont écarquillés ; elle était revenue à elle, ou presque. C'est Carine ?! a-t-elle demandé, perplexe. Je lui ai répliqué que oui. Carine, la fille de Neusa, ta belle-sœur. Comme elle a grandi…, a-t-elle commenté, et elle s'est retournée pour accueillir la visite.

J'ai formé ma cousine aux tâches quotidiennes, il ne fallait jamais contrarier Maria Amélia ou rire de mon statut de mari. Pour Carine, peu lui importait d'être à Tijuca ou ici puisqu'elle passait des heures et des heures devant la télé. Si elle n'avait pas succombé aux réseaux sociaux, c'était que son budget serré ne lui permettait pas le luxe d'un smartphone. Le silence l'angoissait et elle trompait l'ennui en parlant à voix haute avec les personnages à l'écran. Bien qu'elle ne cuisine pas, elle recopiait des recettes de lasagnes, de charlottes et de côtelettes de porc poêlées sous ses yeux par la présentatrice insomniaque du programme matinal ; elle suivait l'univers atroce des émissions de télé de l'après-midi et, le soir, s'apprêtait pour les mondanités des feuilletons qui défilaient entre six et onze heures. J'avais plus besoin de Carine qu'elle de moi, aussi me suis-je retenu d'envoyer valdinguer ce foutu poste, branché vingt-quatre heures sur vingt-quatre, y compris pour la bercer et l'endormir. Ma mère a fait sienne son habitude. Il était courant que je les retrouve toutes les deux au petit matin, assoupies devant la télé. Le nouveau travail de Carine a rempli sa vie inutile, lui a rapporté un peu d'argent et l'a délivrée du repaire familial de Saens Peña, mais Madame ne m'en a jamais su gré. Au contraire, elle a investi l'appartement comme si c'était le sien, elle accrochait ses petites culottes au robinet de la douche, laissait traîner ses chaussons dans le séjour, et pour qu'on ne la prenne pas pour la femme de ménage, elle a clairement signifié qu'elle ne laverait rien, pas même un verre. Je m'y suis résigné. Carine pouvait inonder la salle de bain, saloper les casseroles, distraire ce qu'elle voulait, du moment qu'elle exauçait les vœux de ma mère. Comme je me méfiais de la paresse atavique de la demoiselle de Tijuca et craignais qu'elle ne drogue Maria Amélia pour rendre sa mission plus aisée, j'ai bouclé les médicaments dans le coffre. Elles jouaient aux cartes, faisaient des mots croisés, lisaient l'horoscope, et ont fini amies. Carine teignait les cheveux de Maria Amélia et elle, en retour, la conseillait sur le mariage et les enfants, quoique ma cousine n'ait ni progéniture ni époux.

Mon œil avait dégonflé, c'était le moment d'essayer de renouer avec l'ancienne chaîne de télé. Ma mère sous bonne garde et moi ayant retrouvé un œil sain, j'ai suivi les conseils de Gomes et me suis appliqué à remettre ma vie sur les rails. Je suis allé voir un directeur de la vieille génération, avec qui j'avais travaillé aux temps glorieux. Mario, m'a-t-il dit, tu as rompu ton contrat, tu es parti en chantant victoire, tu as donné une interview où tu traites tout le monde d'imbécile, ils t'ont mis aux oubliettes, mon chéri, ça passera, mais pour l'heure, il vaut mieux te trouver un autre havre. L'année dernière, un tiers du personnel avait été mis dehors, lui pensait que sa tête aussi était mise à prix, mais que ses années de service le protégeaient, ainsi que les grasses indemnités qu'elles induisaient, aptes à le faire vivre jusqu'à la fin de ses jours. Le théâtre… ?! Comment en es-tu arrivé là ? Et il a ri en laissant échapper un *Oh, c'est bête !*. J'ai feint d'être d'accord et j'ai pris congé, la tête haute.

J'ai repassé le portique en veillant à être discret et, humilié, j'ai geint dans ma voiture, une fournaise en plein cagnard. Je conduisais sans savoir où j'allais. J'ai fumé presque un paquet de filtres jaunes, mes mains jonglaient entre le briquet, la cigarette et le volant. Je parlais tout seul, j'ai maudit la moitié de l'humanité, j'ai crié pour me convaincre du pire. Je me suis garé près de la plage et j'ai scruté l'horizon, le bel après-midi qui déclinait du côté de Barra da Tijuca, j'ai jeté mon mégot et invoqué la miséricorde divine. J'ai sorti mon téléphone et composé un numéro. Lineu a répondu. Maintenant rétabli, mon ancien partenaire, témoin oculaire du désastre de *Lear*, s'apprêtait à tourner l'histoire biblique pour la concurrence. Il était heureux, je dirais même radieux. Ça m'a surpris, je ne l'avais jamais vu comme ça. L'œuvre d'un miracle ? Peut-être. Après la mort subite d'un collègue de sa génération, il avait été promu Abraham, le patriarche du peuple élu. Il avait tenu à se rendre aux funérailles pour remercier le mort. *C'est Dieu qui a voulu cette crise cardiaque.*

Sodome voulait détrôner la suprématie du puissant canal qui m'avait fermé ses portes. Vindicatif, j'ai voulu soutenir l'offensive. L'auteur promettait d'innover par un savant dosage entre histoire, science des almanachs et religion. Des découvertes récentes reliaient la collision d'un supposé météore au feu divin de l'Ancien Testament. Ils ont lourdement investi dans cette théorie, ont fait venir un Mexicain d'Hollywood pour présider aux effets reconstituant le choc du rocher spatial, à la fin du feuilleton. Lineu exultait. Ils paient beaucoup mieux que Shakespeare ! s'est-il vanté. Sans ta syncope, Mario, je porterais toujours ces couches, et nous avons franchement ri de cette intempestive Providence. Je n'y suis pas allé par quatre chemins, inutile de mentir, Lineu connaissait le dessous des choses. Je lui ai demandé si j'avais une chance comme statue de sel. Jésus t'aime, mon fils, cours, ils recrutent ! a-t-il assuré. La nouvelle m'a redonné des forces. J'avais été la vedette de plusieurs affiches de poids dans le segment haut de gamme et pour la concurrence, je valais encore de l'or. Il ne m'a fallu qu'un petit coup de fil pour conquérir une place d'honneur dans la sainte Cène de la chaîne évangélique. Ils ont congédié l'acteur de second plan qu'ils avaient choisi et m'ont offert le poste de Loth, le neveu du noble Abraham. Je n'ai eu aucun remords de voler la place d'autrui ; au contraire, c'était le signe qu'on me respectait encore dans le milieu. À la signature du contrat, j'ai fait parvenir un bouquet de roses à Lineu, accompagné d'un paquet de couches. Il a compris la blague.

Trahissant la Genèse, la version feuilletonesque faisait de Loth un pécheur. Entouré de son ambitieuse épouse et de deux filles enjôleuses, il abandonne son oncle bienheureux quelque part entre le Haram et la Terre promise, pour se fixer dans la contrée la plus corrompue du Croissant fertile. Acceptée par ses pairs, la brebis galeuse fait fortune dans la redoutable Sodome. Loth aurait vécu heureux, sans la visite du fervent parent, mon ami Lineu, flanqué de deux anges déguisés en mortels, qui l'avertissent du désastre imminent.

À la première réunion de la distribution, le Mexicain d'Hollywood a exposé sa conception du châtiment de Jéhovah. Un météore généré par ordinateur surgirait dans la stratosphère et accélérerait sa course vers la Terre avant d'entrer en collision avec la ville païenne. Madame Loth, ne résistant pas à un coup d'œil rétrospectif, finit en statue de sel. Le moule a exigé des heures d'immersion de la comédienne dans une baignoire de plâtre. Loth et ses filles se réfugient dans une caverne, perpétuant l'espèce en transgressant le tabou suprême de l'inceste. Lineu Abraham revient dans les bras de Sarah et, miraculeusement, engrosse l'épouse octogénaire, en donnant naissance à Isaac, le père de Jacob, autant de héros pour les feuilletons suivants. Des décennies de dramaturgie, sous le sceau de qualité de la Bible. La promesse d'un emploi à perpétuité. Le jeune Mario Cardoso aurait dédaigné en son temps la chance qui, maintenant, me faisait exulter.

J'avais passé l'après-midi dans le studio, occupé à me tenir dignement pendant le tournage de l'orgie qui ouvrait le premier chapitre. Des majorettes boostées au fer et aux protéines de synthèse ondulaient leur silicone dans la danse des sept voiles. Des percussions zouloues rythmaient le rituel païen. Je croquais avec délice une grappe de raisin, inquiet pour le pivot en or que la maquilleuse malhabile de la production avait fixé à ma canine gauche. La migraine de cheval qu'avaient déclenchée les rubans nouant des mèches à mes cheveux m'étrillait le crâne de ses élancements aigus. Mon plus grand défi dans ce rôle, ça a été de subir les sept heures de tressage capillaire. Ils ont enveloppé ma crinière et mon mal de tête d'un affreux turban, m'ont collé une barbiche au menton et me voilà en Sinbad le marin, croquant des grains de raisin tout en flattant les cuisses d'une figurante de mon harem. Le cheikh d'Agadir au troisième millénaire. J'aurais dû me faire payer plus cher.

La joie de m'être trouvé une occupation n'a pas dépassé le déjeuner. Le rouge à lèvres cerise des danseuses, la ligue des anciens cabots, les dialogues farcis de grossièretés pour rapprocher le spectateur d'aujourd'hui des temps jadis. Nous avons mis tout l'après-midi à régler le ballet dantesque, mais le pire était à venir. Deux sentinelles éthiopiennes ont interrompu la bacchanale, en tirant par les aisselles dépilées une présumée actrice. Jetée à terre, elle s'est agenouillée en implorant ma grâce. J'ai repensé à mon cachet et donné le meilleur de moi-même, en exigeant quelques faveurs sexuelles contre l'annulation de la dette de l'humble pasteur, son père, un pauvre Hébreu condamné à mort. J'ai frappé ma paume d'un geste histrionique, la cour s'est fendue d'un rire diabolique et la fille du condamné a été sortie par les serviteurs. Comme les larmes ne venaient décidément pas à l'aspirante, elle a préféré trépigner. Ça n'avait guère d'importance, la gamine jouait mal, même de dos. La caméra a souligné l'intérêt de Loth pour la Juive avilie, le réalisateur a lancé un *Super!*, et ainsi avons-nous conclu cette journée épuisante.

Je suis arrivé chez moi harassé. L'odeur de nourriture embaumait notre foyer. Mes talents d'acteur procuraient encore à ceux qui dépendaient de moi une vie décente. Je me suis badigeonné la tête de crèmes, ai massé les nœuds de mes mèches, fumé en cachette, enfilé un peignoir et me suis lové sur le canapé en feignant d'être toujours le mari de ma mère sénile. Carine, assise dans le fauteuil de gauche, portait un short obscène et se trémoussait pour repousser les cuticules de ses orteils. Je me suis détendu devant les calamités du journal. Le téléphone a sonné. C'était Milena. Il fallait qu'elle me voie de toute urgence, ce soir-là, si possible.

Nous avons convenu de nous retrouver au bureau de Gomes, il serait là.

Je suis sorti inquiet, j'ai fait défiler dans ma tête les deux dernières années en essayant de comprendre où j'avais fauté. L'immeuble était dans l'obscurité, un gardien regardait la fin du match de foot du mercredi sur un petit écran noir et blanc. Sans s'attarder, il m'a montré l'ascenseur pour le huitième étage. Je suis allé salle 801, celle du fond à droite ; la porte était ouverte. Milena et Gomes m'attendaient à la présidence, lui fumait et n'avait pas l'air à l'aise. Assieds-toi, Mario, a-t-il ordonné. Ils se sont regardés tous les deux, sans savoir qui commencerait. Milena a insisté pour que le comptable explique l'affaire. Gomes a poussé un soupir fatigué et m'a offert une cigarette. J'ai accepté. L'opéra pouvait débuter.

— Tu sais que je t'aime beaucoup, Mario, que je me suis toujours battu pour te faciliter la vie.

Il parlait en marquant des pauses. J'ai dit qu'il était tard et lui ai demandé de m'épargner son prélude. Le mois dernier, Gomes s'était rendu personnellement à Brasilia, il avait des connaissances au ministère et pouvait consulter les instructions en cours. Le problème, c'était trois grosses factures, soit un tiers du budget de *Lear*. Une somme fabuleuse qu'ils ne s'expliquaient pas. J'ai demandé d'où venait ce montant. Quand j'ai commencé à entrer dans les détails, Milena a pris les rênes de l'explication : Gomes avait clairement exposé l'importance de cette pièce pour toi. Ce baratin commençait mal ; elle voulait dire que tout était de ma faute ? Gomes a perçu mon irritation et l'a coupée pour rappeler ma crise professionnelle. Il a parlé de mes choix erronés, de ma peur de perdre mon contrat à la télévision, a rappelé la situation délicate dans laquelle étaient des centaines de collègues. *Lear* était plus qu'une pièce, Mario, c'était un tournant. J'ai argumenté que je jouais tôt le lendemain en insistant pour qu'ils aillent droit au but. Le sponsor avait exigé une contrepartie risquée, a expliqué Milena, ajoutant qu'elle avait consulté Gomes avant d'accepter ses conditions. Mota..., a-t-elle dit. Qu'est-ce que Mota venait faire là-dedans ? Il s'est beaucoup battu pour faire approuver le projet, a poursuivi la productrice, il nous a défendus au conseil d'administration, a suggéré le cocktail de parrainage à São Paulo. Gomes a pris le relais : Mais ces choses ont un prix, tu le sais bien. Non, ai-je répondu, je ne sais pas. Mota se considérait partie prenante du projet, a continué Milena, mais la loi ne prévoit aucune disposition pour ce genre d'engagement. D'accord, ai-je dit, je ne suis pas son patron, Mota reçoit un salaire, l'argent est là pour subventionner la culture. Gomes m'a coupé, taciturne : Pas seulement… Pas seulement quoi ? Là, Gomes a été clair.

— Il a reçu un dessous-de-table.

Je me suis tu. Sur le budget levé, trente pour cent sont allés dans sa poche, en espèces, *via* la cousine de Milena. Sans facture ? C'est ça, Mario, en gros c'est ça, du liquide, sans facture, a ajouté Gomes. Derrière sa superbe, Mota était un agent peu regardant des règles du Trésor public, une réplique des combines qui se pratiquaient à tort et à travers en politique, dans la santé, l'éducation. Il prélevait sa part, la commission « du passeur ». C'était comme ça, ça avait toujours été comme ça, il était puéril de ma part de penser que le théâtre en était épargné. J'ai regardé le bureau insignifiant de Gomes et me suis rappelé l'antichambre de l'enfer où Mota nous avait reçus. Raymundo Colares au mur, la chaise de marque, l'odeur de boutique de luxe ; si différent des relents d'incinérateur de ce bâtiment décrépit, qui montaient de façon insistante à mes narines. Mon estomac s'est noué à en vomir. Il n'était pas simple, a convenu Gomes, de cacher Mota dans le bilan comptable.

À mon insu, le duo infernal avait utilisé la société qui portait mon nom pour jongler avec les chiffres, sans parvenir pour autant à effacer la part coquette de Mota. C'était une somme, chouinait Gomes. Le plan initial était de défalquer le montant progressivement, au fil de la saison, ça aurait été possible si nous avions honoré notre tournée nationale. Shakespeare en Amazonie, dans le Nordeste, le ministère en aurait eu plein les mirettes et on aurait pu en outre accumuler des reçus surfacturés dans les hôtels, les restaurants, avec la régie. Mais tu m'as fichu dans les pattes ton rire incontrôlé, Mario, cette plaisanterie, la tournée annulée, c'était la fin, s'est plaint Gomes. Dans l'impossibilité d'ajourner la remise des comptes, le duo a forgé d'un commun accord trois factures, sous le vague libellé de frais généraux, qu'il a envoyées à Brasilia. Le ministère n'a pas avalé, a reconnu Gomes.

J'ai suggéré d'appeler Mota, mais Milena a allégué qu'il pourrait l'interpréter comme du chantage, ce qui nous mettrait en position délicate face à une entreprise de cette importance. Nous mettrions en danger le travail de sa cousine. Il fallait rendre l'argent, payer l'amende, les rappels, et ne rien dire. Combien ? ai-je demandé. Pas mal, a admis le comptable en écrivant la somme sur un bout de papier. Je l'ai déplié. J'ai compté l'enfilade de zéros, après un chiffre que je n'ai même pas daigné regarder. J'ai fait un bond. J'étouffais. Milena est venue à mon secours et m'a amené à la fenêtre. J'ai regardé en bas, le trottoir m'appelait. *Dormir ! Rêver peut-être.* Grâce au verre d'eau sucré, j'ai ajourné le suicide, je suis revenu m'asseoir, vaincu. C'était de ma faute, Gomes ne répondait de rien, j'aurais déjà dû le savoir depuis *Navalha na carne*. Le grand acteur qu'était Paulo Autran ne se serait pas conduit comme moi, mais je n'étais pas Paulo Autran. J'aurais peut-être même souscrit à toute cette infamie si j'avais su depuis le début, tant j'étais aveuglé par mon Shakespeare, mon *Lear* et Stein.

Gomes insistait pour me dire quelque chose à l'oreille, mais je n'écoutais pas. Il répétait qu'il ne m'abandonnerait pas, il m'aimait, le jurait. Je me suis concentré sur sa bouche, une gueule de crapaud, grosse, charnue, les dents jaunes et l'haleine fétide. Cette grande bouche me parlait. Une publicité… je sais… il avait une campagne de pub pour moi… super, Gomes, super. Quand ils ont compris le désastre, lui et Milena se sont efforcés de dégoter la réclame. Un an de programmation, disaient-ils, diffusée nationalement, des panneaux au bord des routes, des placards sur les bus. C'est génial, Mario, surtout maintenant que tu es revenu dans les feuilletons ! Gomes m'encourageait. Mais une pub pour quoi ? Les deux ont échangé des regards prudents. Le comptable a éludé la question. C'est une surprise, et il ne s'agit même pas de toi, Mario, c'est Lear ! Milena, toujours elle, connaissait un publicitaire de São Paulo qui avait dans sa clientèle un annonceur important. Se promouvant agente, elle avait vendu l'idée d'utiliser l'image du monarque. Pas besoin de demander la permission à quiconque, a ajouté la productrice, Shakespeare est dans le domaine public ! Ils travaillaient encore le concept, mais ça vaut de l'or, ont-ils assuré. Si ça ne couvrait pas tout, au moins ça en paierait une partie. Je ne te laisserai jamais tomber ! a dit Gomes en me prenant dans ses bras.

Milena m'a remis dans le taxi. J'étais tellement sonné que je l'ai remerciée de sa sollicitude. En traversant l'Aterro, j'ai repensé à John Gielgud, qui s'était retrouvé dans ce navet d'*Horizons perdus* à cause d'un comptable. L'acteur avait découvert à la mort du scélérat qu'il ne payait pas d'impôts depuis trois ans. Or il s'était acheté un manoir dans les environs de Londres, préparait sa retraite, comptait les fauteuils vides dans les matinées. Il s'imaginait vivre vieux, ce qui a été le cas. Pour éviter la banqueroute, il a dû s'habiller en moine, emmitouflé dans une fourrure, subir la chaleur d'un désert californien, tout en recevant des rafales de mousse pour simuler des blizzards en plein Népal. Gielgud a tenu bon. Je tiendrai moi aussi.

Carine et Maria Amélia dormaient sur le canapé du séjour, la télé marchait toujours. Je les ai laissées et me suis allongé avec mon insomnie. À sept heures, une douche froide m'a remis les idées en place, je me suis bourré de calmants et suis parti travailler. Je n'étais pas au top. Je bafouillais, j'avais des trous, avec les barbituriques je contrôlais mal mon élocution. Je ne pensais qu'au voyou de Mota, qu'à Gomes le dinosaure et Milena Jovic.

On a amené l'actrice infâme dans les appartements du méchant. Elle cafouillait comme la veille. Sur mon ordre, deux esclaves lui ont arraché ses vêtements et l'ont jetée à terre dans une tenue des plus sobres. J'aurais dû aller vers la fille, la soulever avec concupiscence, approcher mes lèvres des siennes et exiger un baiser. Elle refuserait et je la giflerais, conformément à la convention sexiste des drames populaires. Plus j'avançais, plus la honte me paralysait. Je ne supportais plus de dégringoler. Je me suis arrêté devant la gamine, elle s'est retournée, haletante, dans l'attente de sa correction. J'ai interrompu la scène et prétendu que je ne comprenais pas ce qui motivait le personnage. Le réalisateur, déjà irrité par ma piètre performance, m'a regardé incrédule et s'est exclamé : Ce qui motive le personnage ?! Oui, quelle raison a-t-il de la traiter ainsi ? La raison, a-t-il répondu, c'est de suivre ce qui est écrit, d'honorer son contrat, de mériter son salaire, d'apprendre son texte, de ne pas se retrouver à une heure de la fin de journée avec sept scènes en suspens à cause de vous ; c'est rendre grâce à Dieu d'avoir décroché ce travail sans devoir mendier l'argent de votre théâtre de merde ; ça vous suffit, comme raison ? J'ai reculé, livide. Moteur ! a vociféré le réalisateur. J'ai trouvé plus prudent de ne pas discuter, j'ai attrapé la fille, essuyé son refus et lui ai administré sa baffe. À terre, l'actrice m'a regardé, offensée ; elle avait compris que c'était moi, Mario, et non Loth, qui l'avais agressée. Une larme sincère a coulé sur sa joue encore rouge et je me suis souvenu de Marta. Marta, qui m'avait quitté après une gifle. Marta, avec qui j'avais vécu quinze ans et grâce à qui j'étais devenu l'homme riche que j'étais.

Habitué à l'indigence des théâtres, j'ai sonné à la porte de la résidence où aurait lieu la première lecture du scénario de *Grande Sertão : Veredas*. Un domestique en livrée m'a ouvert le portail en bois massif et j'ai monté la rampe vers l'imposante demeure aux baies vitrées, encastrée dans les escarpements du rocher de Joá, à la sortie de Rio. Le réalisateur m'a reçu chaleureusement dans le salon principal, à ses côtés l'hôtesse, une métisse délicieusement parfumée, vêtue d'un caftan afghan.

Bento Peixoto avait assisté à *Oncle Vania* et avait imaginé que je pouvais être son Riobaldo. Vado est venu confirmer son intuition. Il m'a assuré qu'il n'avait trouvé qu'en moi ce mélange de délicatesse et de brutalité, capable d'incarner un professeur qui se métamorphose en *cangaceiro*. Mon inexpérience de l'écran ne l'effrayait pas, au contraire, il rêvait de visages inconnus et me regardait comme s'il avait découvert un trésor. J'ai accepté la caïpirinha et nous sommes allés sur le ponton suspendu. Sans la moindre balustrade qui aurait profané la beauté de l'architecture, la plate-forme s'avançait au-dessus du précipice bleu de l'Atlantique. Pour contrôler mon vertige, je me suis assis dos à la vue. La vérité est que je ne me souvenais plus pourquoi j'étais là, tant le faste des lieux m'émerveillait.

Les autres arts pouvaient se dire purs, ça ne leur coûtait rien ; mais le cinéma, même le cinéma marginal, devait payer d'être devenu une industrie. Un cinéaste vivait plus que tout dans le besoin d'argent. Ce petit détail a scellé l'alliance insolite entre les producteurs et l'élite fortunée, qui voulait se purger de son spleen grâce au génie des autres. L'échange était équitable. Les coûteuses bobines de négatifs immortalisaient les délires esthétiques, en même temps qu'elles ouvraient les portes de l'intelligentsia à l'illustre horde qui s'était empli les poches avec le miracle économique.

Vivi d'Aleçon était née dans le sud de Bahia, dans une famille traditionnelle de fazendeiros, avait fait ses études dans un lycée de filles en Suisse ; puis elle avait quitté les froides montagnes pour un circuit à la Elizabeth Arden. De la Côte d'Azur à la côte amalfitaine, elle s'était liée d'amour et d'amitié à l'élite européenne ; elle y avait fréquenté le refuge légendaire des Stones, sur la Riviera française, lors de l'exil forcé du groupe après ses démêlés fiscaux. L'égérie avait traversé sans dommage la faillite familiale grâce à sa relation avec un héritier du groupe Aleçon, qui détenait une portion appréciable du PIB français. Vivi l'avait sauvé de l'héroïne, bien qu'elle-même sniffe la cocaïne comme on prise le tabac. Son mari passait l'essentiel de son temps à Paris, tandis qu'elle flânait de-ci de-là pour échapper aux tortueux hivers. Je déteste skier, disait-elle, ajoutant que son incompatibilité avec le sport l'avait presque conduite au divorce. Et elle a ri en sirotant avec une paille sa vodka. Vivi, c'était une bombe. Je suis resté impavide, oublieux de moi-même, ivre et hypnotisé à la fois, à admirer la classe lascive de cette panthère si bien élevée.

Bento Peixoto contrastait en tout point avec ce morceau de femme, ce qui avait paradoxalement dû les rapprocher, outre le fait qu'ils étaient tous les deux du Nordeste. Le réalisateur gardait un air de réfugié de la sécheresse fraîchement débarqué de l'arrière d'un camion. Le cheveu touffu, la chemise courte et mal boutonnée qui épousait un ventre replet, des sandales en cuir faites main ornaient ce corps gracile et cette large tête, d'où s'échappaient des citations de Graciliano Ramos et de João Cabral, des poèmes de Carlos Drummond de Andrade, et de larges extraits de Guimarães Rosa. Glauber Rocha lui servait de miroir. Bento ne cachait pas la source de son inspiration, il cherchait même la ressemblance. Il avait rencontré Vivi à Cannes, où il s'était rendu avec une délégation de feu Embrafilme afin de trouver des subsides pour son ambitieux projet. Il avait réalisé quatre courts-métrages primés dans des festivals de second plan et un long-métrage peu banal, l'adaptation d'*Antigone* dans les cachots du DOPS, un film qui n'avait pas survécu aux ciseaux de la censure. Audacieux, il avait décidé maintenant de s'en prendre au chef-d'œuvre de Guimarães Rosa.

Le calendrier cannois coïncidait avec le championnat monégasque de Formule 1. C'était l'agenda ordinaire de la jet-set que d'assister à la course tout en fréquentant les galas et les cocktails autour des films en compétition. Vivi offrait des soirées très courues aux Al Capone des deux industries, dans la villa qu'elle louait habituellement au Cap d'Antibes. C'est lors d'une de ces réceptions que le Pernamboucain Bento, doué d'une prosodie volubile, l'avait convaincue d'être la coproductrice de ses chimères.

Vivi a vu dans le cinéaste l'occasion de donner un sens à ses périodes de soleil tropical, et leurs intérêts mutuels ont cimenté l'alliance qui nous réunissait sur cette terrasse dessinée par Zanine Caldas, un visionnaire bahianais, la coqueluche architecturale de tout ce que les années 70 comptaient de mondains.

L'urgence de réaliser *Grande Sertão* est montée aux tempes du réalisateur comme une fièvre. Le type était un vrai moulin, il parlait sans virgule, n'étant fidèle qu'aux points d'exclamation. Il insistait : le film plaira autant aux fans du western américain qu'aux adeptes des *Cahiers du cinéma*. À un moment, j'ai eu le sentiment qu'il peaufinait avec nous son discours de remerciement pour la Palme d'Or. La cocaïne, exceptionnellement pure, prise par les trois à doses homéopathiques tout au long de l'après-midi, entretenait le brio de leur babil. Pour prouver l'existence de son projet, il a exposé son plan d'action. Vivi prêterait sa fazenda, aux confins de Bahia et du Minas, avec les péons, le bétail et les chevaux. Une partie des fonds proviendrait d'Embrafilme, le reste, des contacts de son associée. Nous passerions un mois en immersion dans la propriété, avant le début du tournage. Diadorim n'avait pas encore été choisie, mais une jeune actrice qui possédait deux réflecteurs verts en guise de mirettes, la révélation du dernier festival de Gramado, était la mieux cotée pour le rôle.

J'ai tiqué à l'épaisseur du scénario, un pavé deux fois plus gros que le roman original, mais peu importait, il avait déjà acheté les droits. Vivi, la terrasse, Cannes, Monaco et la Formule 1, le tapis rouge, Mick et Keith, la neige, Bahia, Zanine, Joatinga et le Cap d'Antibes ; fini le cloaque de Campos, les hippies crasseux de l'Ipanema, la puanteur de Lapa et les lubies de Raquel. Adieu Plínio, adieu Tchekhov, au revoir Fidel et le Che. Dieu et diable au pays de Rosa, à moi les *Cahiers*. À mon tour de recevoir la Palme, maintenant. Vivi a sablé le champagne et nous avons porté un toast à cet après-midi. Quand a disparu à l'horizon le dernier rayon de soleil, nous avons écrit la première page de notre aventure.

Quatre heures plus tard, nous n'avions toujours pas dépassé la page 10 de la Passion de Bento Peixoto. Le génie transcrivait le roman paragraphe par paragraphe. Comme si ça ne suffisait pas, sous l'effet du cocktail Stolichnaya-Veuve Clicquot-poudre, ma langue s'est ramollie et ma mâchoire bloquée. Je ne pouvais plus continuer la lecture des bribes de texte.

— *Je vous explique, monsieur : le diable gît en l'homme, dans les replis de l'homme – soit c'est l'homme dévasté, soit l'homme des contraires.* Le diable, le diable, le diable… *Le diable dans la rue, au milieu du tourbillon…*

Je n'avançais plus. La mer, au loin, n'était plus que ténèbres abyssales. Le vent nocturne hurlait par les fentes des fenêtres, la maison s'était enveloppée d'une pénombre austère et les meubles recouverts de la fine pellicule poisseuse des marées. J'avais dans ma bouche pâteuse le goût du zinc, impossible d'articuler ce que je lisais. La guigne. Ma pression a chuté et je suais de tous mes pores. Habituée à ces effondrements, Vivi a pontifié tout le reste de la soirée. C'est génial, a-t-elle dit, génial, génial, génial ! Et elle a mis un disque de Gainsbourg. « La Décadanse ». J'ai marché comme je pouvais jusqu'aux toilettes, essayé de viser la cuvette, mais sans succès. J'ai essuyé la lunette avec le papier toilette à fleurs, me suis lavé le visage, ai bu l'eau du lavabo et suis revenu assurer la fin de la fête.

Vivi m'attendait. Bento vient de partir, a-t-elle commenté, vous l'avez enchanté. Je l'ai arrêtée, gêné. Mais non, a-t-elle ri, c'est moi qui lui ai demandé de partir, moi aussi, je suis enchantée. Et elle a commencé à se trémousser dans ma direction, en traînant ses sandalettes et en chantant sur la voix de Birkin. J'ai pensé : Si je ne contrôle plus vraiment ma langue, imagine le reste ? Mais j'ai eu peur qu'un refus me fasse perdre Riobaldo ; à quelle extrémité me voilà réduit. Vivi était déjà à deux doigts de ma bouche, quand j'ai décidé de mettre fin au suspense par un baiser mal donné. Elle a ri et m'a entraîné dehors. Vivi, c'était la classe. Elle a vu mon état et n'a pas insisté pour aller plus loin. Nous nous sommes allongés sur les transats en regardant le ciel. La brise était fraîche. Non, ça n'avait rien à voir avec la brise, c'était moi qui m'étais calmé. Le malaise s'était dissipé et je me suis abandonné au silence. Nous sommes restés comme ça une heure ou deux, sans dire un mot. C'est si rare, ai-je pensé, de se taire en compagnie d'un autre. Nous en avions tous les deux notre claque du caquetage de Bento et de son inflation de scénario. La poésie est faite pour être lue en soi-même, j'en étais sûr. Il y a de la vanité stupide à vouloir la mettre en scène. J'ai regardé Vivi, ses yeux scrutant l'immensité. Savoir accueillir les choses, c'était un don chez elle. Et il n'y avait rien de banal ou de vulgaire là-dedans. Il y avait en elle un vide que comblaient ses attentions. Vivi m'avait sauvé de mes ennuis, elle avait dû faire de même avec son mari, je suppose, et avec Bento au Cap d'Antibes. Nous sommes restés silencieux jusqu'à l'aurore. Quand le soleil a repris des couleurs, nous nous sommes regardés, les plus jeunes vieux amis. Je lui ai demandé son prénom. Vilma. Vilma, ai-je répété. Et elle m'a emmené prendre un petit déjeuner.

La table était dressée, allez savoir par qui, une table en bois brut, dans la salle à manger. J'ai mangé de la baguette et me suis risqué à lui demander pourquoi elle voulait participer à ce film. Le scénario n'existe pas, non plus que la modestie de Bento, ai-je argumenté. J'ai la fazenda, a rétorqué Vivi sincèrement, les ressources, les chevaux, les hommes, personne ne me l'avait demandé avant, il n'y a que lui, alors pourquoi pas ? Je n'avais rien à répondre. Mon ambition s'arrête là, et vous ? m'a-t-elle retourné. J'ai mis un moment à répondre, je ne voulais pas mentir. J'en ai assez du théâtre, ai-je avoué, mais il n'y avait pas que ça. Riobaldo, voilà mon ambition, ai-je répliqué. Étrange désir, a-t-elle observé et elle a poursuivi en disant que ce serait un plaisir de me recevoir à Bahia, d'entendre Rosa récité à voix haute, de suivre les chevauchées. Pour moi, tout cela en vaut déjà la chandelle, a-t-elle justifié. Elle avait raison, le reste est silence, le reste, personne ne sait. J'ai accepté pour vous, Rosa et le Minas. La bonne m'a prévenu que le chauffeur m'attendait. Avant de nous dire au revoir, Vivi s'est penchée à la vitre de la Galaxy et m'a confié qu'elle aimerait me présenter une amie. Je ne sais pas si vous l'aimerez, mais Marta, elle, vous aimera.

J'entendais pour la première fois le nom de celle qui allait devenir ma femme.

Ça faisait déjà trois semaines que j'habitais avec les péons de la fazenda. J'avais refusé de m'installer dans la maison principale, je devais m'adapter au quotidien des caboclos. Je partais avant le jour m'occuper des vaches, je m'habituais aux journées harassantes et au portugais estropié, inversé, que Rosa avait si bien traduit dans sa littérature. Pitoyable cavalier, j'ai peiné à manier les rênes. Ils m'ont donné un étalon furieux, mon crâne ne lui arrivait pas au garrot. Terrifié, je l'ai enfourché en m'aidant d'un petit banc. Le diable a baissé les oreilles et secoué vigoureusement sa tête. L'examen commençait mal. L'adrénaline a grimpé, j'ai écarquillé les yeux, la bête a flairé ma frousse et s'est envolée pour un trot sauvage. Secoué sur la selle, j'ai adressé un *ooohhh* sévère pour tenter de calmer l'animal. Ma voix a définitivement énervé ma monture, et ce qui n'était déjà pas brillant au trot s'est envenimé au galop accéléré. La rosse a raidi la mâchoire, étiré son cou et mis les turbines. Mon corps s'est vu projeté en arrière, j'oscillais comme un culbuto et le cheval a fait un tour de carrière. Mort de trouille, j'ai vu un tronc surgir devant moi. Je n'essayais plus de le maîtriser, je me cramponnais à sa crinière ; le bucéphale a fait un bond athlétique, qu'il a conclu par une ruade, m'éjectant de mon siège. Quand j'ai repris connaissance, j'avalais de la terre, la bouche ouverte contre le sol. J'ai toussé tout ce que j'ai pu. La piétaille se bidonnait, en plein délire devant le beau gosse asthmatique étalé dans la pâture, recrachant du sable. Pour Riobaldo, je devais leur montrer que j'étais un homme, mais en étais-je capable ? J'ai pris l'affront à la rigolade et je leur ai demandé un castré. Dans le corral, j'ai aperçu un cheval nain à la mangeoire, caché parmi ses pairs imposants. Je leur ai demandé de le seller. Le contremaître n'a pas caché sa déception, mais entre paraître ou ne pas être, j'ai préféré faire illusion. Oui oui, celui-là. Bareta a été ma miséricorde. Alezan, maigre, petit, résigné, il a accepté le fardeau sur son dos. Mes pieds, hors des étriers, touchaient presque terre. Mais Bareta, bien que gentil, était obstiné, il galopait à bonne allure et n'aimait pas rester à la traîne. C'était le choix parfait pour un citadin pusillanime comme moi. En choisissant le bon angle, on obtiendrait un profil de centaure et je pourrais sereinement me concentrer sur mes dialogues.

Dora Franco, la petite nouvelle aux mirettes vertes, a préféré le confort de la maison mère, mais, harcelée par Bento, elle y a vite renoncé. Le Pernamboucain avait perdu la boule auprès de la fillette. Elle était belle, Dora, mince, petite, forte et la poitrine plate, les muscles tendus, tel un ange androgyne.

Je dégustais un ragoût de chevreau devant le feu quand elle est apparue avec son baluchon. Pas question que Diadorim dorme dans un lit moelleux, a-t-elle dit, et elle s'est servie à même la marmite. Ce n'était pas une affaire de lit, c'était Bento. Nous nous sommes compris sur l'heure, deux partenaires sans nulle attirance qui puisse interférer sur nos rôles. J'étais déjà vacciné contre les Raquel. Bento, non, lui avait été frappé d'un violent coup de foudre dès l'instant où ses yeux s'étaient posés sur Dora. Il passait ses journées à planifier la scène finale, le moment où est révélé le sexe de Diadorim. Il imaginait des rails, ou même une grue, qui partirait d'un méga gros plan sur la chatte mythique pour monter jusqu'aux cieux. Bento la collait comme un vieux barbon. Ce désagrément l'a aidée à intérioriser la gravité de la femme travestie en sicaire, et notre chaleureuse complicité a affermi le lien entre Riobaldo et son aimée, ou son aimé.

Au vingtième jour de mon adaptation aux paysages de *cerrado*, un bimoteur a rasé le sol, le contremaître est apparu, fraîchement douché, et a annoncé que sa patronne venait d'atterrir. J'ai fini de rabattre le bétail et suis revenu dans l'après-midi pour être reçu par notre mécène. Nous avons laissé Riobaldo et Diadorim au village et repris nos vieux habits. J'ai trouvé étrange la jupe de Dora et elle a grimacé en voyant ma veste. Nous avons ri mutuellement de nos frimousses et sommes allés porter nos hommages. Vivi m'a pris fièrement dans ses bras, a passé sa main dans ma barbe épaisse, que je laissais pousser pour le rôle, et elle a dit l'empressement à nous revoir qui l'avait assaillie pendant le voyage. Le réalisateur a fait le siège de la comédienne, qui m'a regardé d'un air las. Pour Dora, le diable dans le tourbillon avait les traits de Bento. Vivi s'en est aperçue. Quand les salutations ont pris fin, j'ai vu surgir du couloir une silhouette élancée, la démarche élégante et la chevelure noire. Notre hôtesse a souri, aguicheuse, et m'a présenté Marta. J'ai rougi. Elle aussi. Le sang a reflué jusqu'au pantalon, elle a baissé la tête, et Cupidon a soupiré, comblé, sa mission était comme accomplie. Malgré leur différence d'âge, elles étaient de grandes amies. Vivi, qui n'avait jamais voulu d'enfant, avait fait de la jeune femme, dont le père était un avocat influent de Salvador, sa protégée. Marta était une beauté sagace, diplômée d'Oxford. Elle avait étudié la littérature anglaise, mais n'avait pas encore trouvé sa voie. Elle a le temps, s'est exclamée Vivi, qui nous a assis côte à côte à table pour ne rien laisser au hasard. Diligence inutile. J'ai trébuché sur le tapis en poussant la chaise pour que Marta s'asseye et j'ai balbutié quelques syllabes. Nous avons dîné discrètement, sans honorer les circonlocutions de Bento qui régurgitait son érudition pour impressionner Dora. Vivi s'amusait de ces deux couples opposés. Courtisane, elle a mentionné Éros. Un grand dieu, a-t-elle dit.

Marta avait eu d'innombrables prétendants. De gracieux garçons à patronyme, mais l'ennui finissait toujours par anesthésier les romances. Sa délicatesse n'était qu'une façade. Au-dehors, princesse de race, à l'intérieur, inquiète et plus insaisissable qu'Elena. Elena. Raquel. Le souvenir de Raquel dans la peau de la Russe m'a fait perdre le fil. Je regrettais ma passion suicidaire, cette femme dont je m'étais épris sur scène et qui s'était envolée pour faire place à la mégère de Plínio. Je souffrais toujours de son absence. L'apparition de Marta dans la fazenda, dans ce décor si proche de la datcha de Vania, m'a fait croire que je pouvais tout revivre dans la même vie. C'était du délire, je le savais. Incontrôlable. Je n'ai plus jamais aimé, me suis-je dit, parce que Marta n'existait qu'à l'ombre de Raquel. J'ai été submergé de sentiments romantiques que j'ignorais jusque-là. Je souhaitais être un autre pour avoir le droit de l'aimer. Être Astrov. J'ai pressenti devant nous tout un avenir, mais mes certitudes s'écroulaient dès que je me rappelais l'antre que j'avais appelé foyer, le taxi qui me conduisait au théâtre et les bars où je m'enivrais. C'est là, dans la salle de la fazenda centenaire de Vivi d'Aleçon, que j'ai choisi un avenir qui devait m'éloigner des communistes des trattorias, de ma folie pour une actrice kamikaze, de la poussière des salles de répétition et de la bohème du Fiorentina. Là, j'ai commencé à être qui je suis devenu aujourd'hui, un acteur conformiste, de mèche avec les vampires du Trésor public. Mon erreur a été d'investir dans le Bourgeois gentilhomme, quand Marta voulait Riobaldo. Et c'était la raison pour laquelle j'avais frappé si rageusement l'actrice en herbe du feuilleton biblique et accusé mon ex-femme de ce qui pouvait m'arriver de mal. J'ai voulu répéter le geste qui, un jour, nous avait séparés. Ce n'était pas juste, je sais bien, mais ça ne faisait rien, il était bon de rejeter les torts sur elle.

*

La gifle qui a mis fin à notre mariage a été portée froidement sur une peau délicate. Vado, le scélérat de Plínio, n'a jamais cessé d'exister en moi. Marta, comme l'actrice mineure, a écarquillé les yeux de surprise, une larme a coulé lentement jusqu'à son menton avant de s'écraser sur le sol. Elle s'est levée dignement et nous nous sommes dévisagés une longue minute comme deux ennemis. J'ai pensé demander pardon, mais il n'était plus temps et il n'y avait rien à dire. C'était la fin. Marta s'est essuyé calmement le visage, est allée jusqu'à la chambre, a rassemblé une poignée d'affaires qu'elle a jetées dans une valise, et elle est sortie. Nous ne nous sommes plus jamais parlé. J'ai su, des années plus tard, qu'elle avait épousé un homme fortuné, qu'elle était heureuse, qu'elle était tombée enceinte et avait quitté le Brésil.

Lorsque nous nous sommes connus, à la fazenda de Vivi, j'ai pressenti l'écart entre mes origines petites-bourgeoises et sa noblesse. Rejeton béni d'un clan de Bahia, elle avait grandi sur le fief familial, perché au sommet d'une colline de Salvador d'où l'on voyait les trois cent soixante-cinq églises de la ville. La fortune des Teles remontait aux obscurs temps de la colonie, elle plongeait ses racines dans le bétail, la canne à sucre et le cacao. Les descendants se mariaient entre eux ou entre pairs. Les rares intrus ne triomphaient des barrières qu'après un effort herculéen pour s'adapter au modèle. Ça n'a pas été mon cas. Je suis resté plébéien, argenté mais plébéien, incapable de m'insérer dans les hautes sphères. Marta voulait être une femme de son temps, elle choisirait un destin différent de celui de ses tantes, de ses sœurs et nièces, de sa mère, toutes façonnées pour faire un bon mariage. Elle s'est liée à la contre-culture et éprise du Carioca de naissance converti en Riobaldo. Un acteur. Mille hommes en un, tel est le rêve qui l'a conquise.

⋆

Le *Grande Sertão* qui nous a unis s'est éteint au bout de quatre semaines de tournage. Le *tourbillon* qui a emporté Bento Peixoto en enfer, c'est son complexe du génie. Il n'y avait pas de place pour la banalité, sur chaque plan pesait l'idéal de la postérité. Le premier jour de tournage a été consacré à un travelling qui allait des pattes du rachitique

Bareta à un gros plan sur mon front en sueur. *Vendre son âme… La belle invention ! Et l'âme, c'est quoi ? L'âme doit être entièrement magnifiée*, devais-je dire. Dora Diadorim apparaîtrait à cheval, derrière moi, la mise au point se ferait sur son visage et nous nous échapperions. Mais Bareta s'obstinait à ne pas s'arrêter au repère, tout comme la monture de Dora. L'entêtement des animaux et l'amateurisme des cavaliers ont eu raison des cadrages. Nous nous sommes acharnés toute la matinée, en vain. Des trois séquences prévues pour la journée, nous avons tourné deux plans de la première, même chose le deuxième jour et le suivant. Nous grillions les boîtes de pellicule comme des allumettes. Au bout de quatre semaines, nous avons compris que nous n'atteindrions jamais la dernière ligne droite. Outre notre inefficacité, l'argent n'est pas entré comme promis. Vivi n'a pas réussi à attirer les investisseurs et Embrafilme ne libérerait la deuxième tranche qu'une fois tournée la moitié du scénario. Au retour de la pause, après un mois de tournage, Bento a annoncé qu'il attaquerait la scène finale. Il était abattu, avait congédié une partie de l'équipe, regroupé les fonctions et avait maigri. Son éloquence du début s'est asséchée et il a commencé à boire, dans son coin, à vivre dans le noir, dans la chambre principale du siège de la fazenda. Un seul désir l'animait encore, filmer la séquence où Diadorim, morte et dénudée, se révèle être une femme.

On a installé la grue sur la masure étroite. Un engin de huit mètres de haut, tiré sur un rail suspendu. Nous avons passé la matinée à élaborer l'ouvrage à la technique rudimentaire. Le toit de la maison a été démonté, le sol de terre battue aplani, les rails hissés sur une rampe d'étais, de clous et de cales. Bento agressait l'équipe, agissait comme si c'était la faute de tout le monde sauf lui. Il a tenu à s'asseoir sur la grue, avec le responsable de la photographie et l'opérateur, mais il n'y avait pas de place pour les trois. Il a préféré écarter le premier et tenir la caméra. Dans l'impossibilité de réaliser son rêve de posséder Dora, il la pénétrerait de son objectif. Il était devenu fou. Il a fait sortir tout le monde. Il ne restait sur le plateau que Dora, lui et moi. Dora est arrivée drapée dans un peignoir. Bento s'est dépêché de le lui enlever, mais la fille a freiné le réalisateur. Elle a elle-même défait le nœud et s'est allongée sur la table, mécanique, excessivement froide pour refroidir les ardeurs du cinéaste. En la voyant nue sur la table, Bento a eu une absence furtive, il respirait lentement, sans bouger. J'ai essayé de le réveiller en lui demandant d'expliquer sa mise en scène. Bento a désigné un endroit quelconque, m'a grommelé de rester immobile et a rappelé l'équipe. Les techniciens ont repris leur poste, mais le malaise ne faisait de doute pour personne. Bento regardait Dora avec une telle concupiscence que nous craignions d'être témoins d'un viol. J'avais plus pitié de lui que d'elle, de la figure pathétique qu'il était devenu. Il est monté sur la grue, les machinistes ont lesté l'autre extrémité pour stabiliser le levier et l'ont soulevé dans les airs. Il a fait reculer le chariot et descendre la caméra jusqu'au pubis de Dora. Magnifique… Magnifique ! s'est-il exclamé et il a lancé l'action. Nous avons répété les déplacements. Dora faisait la morte, je me suis approché de la table, l'objectif a glissé le long du corps fluet puis vers mon visage ; j'ai fait un signe de croix et le bras métallique a amorcé son mouvement ascendant. Doucement ! Doucement, putain ! C'était les ordres du maestro. La base de la grue arrivait au bout du rail et la plate-forme touchait le toit. J'étais prêt à débuter mes lamentations, quand la chorégraphie a été interrompue par la voix alarmée de l'assistant. LA POUTRE ! a-t-il crié. Une erreur de calcul avait propulsé le treuil contre ce qui restait du toit de la cabane. Ils ont essayé de freiner la chose, mais la force d'inertie a prolongé le mouvement et la tête de Bento a percuté le faîte de la toiture. Nous avons entendu un coup sec, regardé en l'air et vu le directeur groggy, soutenu par l'opérateur, à plusieurs mètres du sol. Descendez ! Descendez ! Bento était allongé par terre, il saignait. Dora a couru se couvrir, on pensait déjà la journée perdue, mais le condottiere s'est remis de son malaise, il s'est relevé en furie et s'en est pris au chef machiniste, qu'il a accusé de l'avoir blessé intentionnellement. Nous les avons séparés, on a suggéré une pause pour calmer les esprits, mais Bento voulait tourner. Quand il a vu que Dora avait quitté la table pour se rhabiller, il est parti comme une flèche vers l'actrice et lui a arraché le peignoir. Allongez-vous ! Je n'ai dit à personne de quitter sa position. Le photographe s'est proposé pour manier l'objectif, mais Bento, en essuyant le sang sur son front, l'a repoussé net. On repartait à zéro. Gros plan sur la chatte, sur mon visage livide, le signe de croix, la caméra recule et, une nouvelle fois, l'obstacle de la poutre. Pause-café, réglages, clous, coins et coups de marteau. Dora nue de nouveau, moi livide, la croix, Bento l'œil collé à l'objectif, erreur de mise au point. On repart ! L'angle n'est pas bon, mon corps cache le sexe de Diadorim. Première position ! Les roues s'étaient coincées dans le rebord du rail. Encore ! Personne ne s'en était aperçu, mais les répétitions avaient fini par affecter la structure précaire où s'équilibraient deux hommes et une balance métallique de plus de deux cents kilos. La terre battue s'est affaissée, ce qui a fait plier le chariot, mais Bento n'a pas voulu s'arrêter pour renforcer la base. C'était la vingt-huitième prise. Il était tellement monté et descendu qu'il a détaché sa ceinture. Maintenant, il se balançait librement dans les airs, distribuant ordres et imprécations. Exalté, il a décidé de tenter le tout pour le tout. Allez, on tourne, a-t-il bravé, ça va finir par sortir ! J'ai regardé le corps de Dora et j'ai pensé à Raquel, mon amour tordu, inachevé. Avec le souvenir a affleuré le sentiment de deuil et mon cœur s'est serré. Dora a retenu son souffle, je me suis placé, livide, Bento a enfilé l'objectif entre ses jambes : Action. Comme par magie, chacun a joué magistralement sa partition dans l'orchestre : les machinistes ont surmonté la difficulté de traîner le fourbi sur le rail bancal, ma tête ne cachait rien de Dora, la mise au point ne s'est pas grippée, j'ai fait le signe de croix, et quand la caméra a contourné l'étai, au-delà de la limite des tuiles, Bento, penché sur le viseur, s'est élevé dans les cieux. J'ai hurlé tel un chien enragé, imaginant Raquel sur la table ; et comme si Dieu pleurait la mort de Diadorim, une fine pluie est tombée à ce moment précis. Les minuscules gouttelettes scintillaient dans le contre-jour du soir tombant et le réalisateur, de ses hauteurs, s'est exclamé : Magnifique ! Magnifique ! Bento a laissé tourner la pellicule jusqu'au bip de la caméra ; puis il a décollé ses yeux de l'objectif et s'est abandonné à des sanglots émus. Ça, c'est du cinéma, putain ! a-t-il murmuré. Ça, c'est du cinéma ! Nous avons applaudi, nous nous sommes embrassés, la séquence valait le film. C'est alors qu'un craquement effrayant, comme si la côte d'un éléphant se brisait, a mis fin aux réjouissances. Nous nous sommes regardés inquiets. Nouveau craquement, du bois qui grince. Sans que nous le remarquions, la pluie avait ramolli le sol, compromettant les fondations du bastringue.

Courez ! a crié quelqu'un. J'ai attrapé Dora par le bras et me suis écarté aussi vite que j'ai pu. Le hurlement de la tragédie a retenti derrière nous. Je me suis retourné et j'ai vu Bento, l'opérateur et la caméra s'écraser. La pluie a retenu la poussière, la grue s'est effondrée sèchement, à la verticale, attrapant sur son passage ce qui restait de la bicoque. Puis tout a fait silence, terrifiant. Nous avons attendu, avant d'entendre un gémissement venant des décombres. Nous avons accouru. L'opérateur a été retrouvé à côté de la caméra, attaché à sa ceinture de sécurité. Bento, éjecté par-dessus les poutres du plafond, s'était mal réceptionné dans ce qu'il restait des claies. Il était inerte, effrayé, et respirait difficilement. L'équipe a fait un cercle autour de lui et je me suis agenouillé pour le soutenir. Le contremaître a pris contact avec une fazenda voisine et a demandé en urgence un coucou pour le rapatrier. Bento a regardé Dora : Ma Diadorim. Dora n'a esquissé aucune réaction. Le réalisateur, même en lambeaux comme maintenant, la dégoûtait. On l'a emmené dans la soirée, attaché à une civière improvisée en contreplaqué. L'opérateur est parti avec lui, sur ses jambes, pour des examens à l'hôpital de Salvador. Il portait dans ses mains un rouleau de pellicule. Le film, protégé par la caméra, avait résisté à la chute.

Nous avons projeté les rushes de cet après-midi-là lors d'une séance privée, dans la salle aménagée d'un ami de Vivi. Étaient présents elle, Dora, Marta, le type de la photographie et moi. Bento était toujours à l'hôpital avec plusieurs fractures et une contusion crânienne, mais sans risque de séquelles. Les lumières se sont éteintes, le faisceau de lumière a éclairé l'écran, et après le compte à rebours du labo, le plan, dont il était impossible de nier la beauté. La sacro-sainte chatte, le corps de Dora, mon regard perdu, le signe de la croix, l'âme qui s'élève, la masure au toit démonté, mes hurlements et la solitude du couple. Finalement, la fine pluie tombant dans la perspective et accentuant la profondeur de champ. L'ultime chimère du cinéaste. C'était poignant à voir. On imaginait ce que le reste aurait pu devenir.

Quelle issue pour un artiste, me suis-je dit, sinon l'immolation viscérale ? D'autres professionnels mangent, boivent, baisent, s'amusent, souffrent même, mais sans subir cet esclavage. Je ne supportais plus les expériences, je voulais un travail qui me permette de survivre, point final. J'ai regardé Marta, cette femme d'un bloc, assise sur la chaise à mes côtés. Elle ne souffrait pas de dédoublement de l'identité, comme Raquel ; ne prêchait pas non plus la révolution, comme Campos ; n'avait pas les certitudes de Guria, ni l'ambition démesurée de Bento. Marta était qui elle était, pour ce qu'elle était, concrète, saine d'esprit, et elle était prête à essayer, avec moi. Nous avons quitté Bahia pour son appartement de Gávea. Je lui ai demandé de s'allonger sur le lit, comme Diadorim. J'ai promené mes mains sur son corps, ses recoins, attrapé ses poils, je cherchais une issue. Fuyons ? lui ai-je demandé. Elle m'a dit oui.

Huit mois plus tard, nous nous envolions pour le Cap d'Antibes. Vivi avait convaincu un monteur parisien d'éditer les prises de *Grande Sertão*. Elle lui a cédé la moitié des droits, et le film, presque un documentaire, a été sélectionné pour un festival parallèle à celui de Cannes. Le résultat étonnait. Le Français a appelé la chose *Obsession*, cela reprenait un mois de tournage, précédé des centaines de tentatives infructueuses. Les pattes de Bareta et mon oreille entrant dans le cadre, le visage flou de Dora, les chevaux qui ne tenaient pas en place ; les chevauchées inachevées, les étendues du Minas, sans parler des tournages nocturnes du campement. Et finalement, les mille et une tentatives pour mettre sur pied la scène ultime, entrecoupées de photos de plateau. Bento en délire, la tête en sang ; Bento amarré au machiniste, Bento arrachant le peignoir de Dora, Bento montant et descendant de la grue ; le collapsus du réalisateur. Son corps blessé, au milieu des gravats. Et, dans l'obscurité, la superbe prise, la résurrection de Bento Peixoto. Le sexe de Diadorim, ma souffrance et la masure sous le crachin. *Tranquille ; c'est très tranquillement qu'on appelle l'amour : comme tranquillement les choses nous appellent.* Serge Gainsbourg, à la demande de Vivi, a ponctué le récit d'extraits du roman en français ; et j'en ai fait de même, dans la version brésilienne. Bento est venu à la projection, toujours en fauteuil roulant. Son émotion a contenu son verbiage habituel. Le réalisateur s'est contenté de pleurer, devant les applaudissements sincères qu'il a reçus de la salle ; par des chemins tortueux, il était arrivé à ce dont il avait tant rêvé.

Nous avons suivi le circuit des festivals. Dora a refusé d'être du cortège. Elle ne voulait pas tricher, elle détestait le réalisateur. De son côté, Bento n'a pas eu la force de suivre le rythme de l'agenda. Vivi a tenu à ma présence dans les innombrables soirées, conférences de presse et débats qui ont suivi Cannes. Elle voulait le succès du film de Bento et de mon histoire avec Marta. Elle m'a assuré d'une rémunération plus que décente pour accompagner la sortie d'*Obsession* en Europe ; et intégré Marta à la délégation comme traductrice, ce qui nous a permis de rester ensemble, dans une relation d'égal à égal. J'ai connu Paris, Rome, Madrid, Londres et Prague. Dans toutes ces villes, j'ai été heureux.

À la fin de l'odyssée, après presque un an loin du Brésil, j'ai entraîné Marta dans le jardin du palais où l'on célébrait la clôture du festival de Valladolid. Les Espagnols fumaient comme des pompiers dans un espace clos, et nous sommes sortis soulager nos yeux en feu. Nous nous sommes regardés, deux compagnons, sachant bien que nous allions devoir affronter le retour. J'ai reçu une invitation pour le feuilleton de 22 heures, je crois que je dois accepter. Marta a approuvé, elle était fatiguée de cette vie nomade. Je lui ai avoué ma peur de la perdre. Ce sera différent à Rio, ai-je pondéré, je ne suis pas le type que tu connais, j'habite n'importe comment, je mange n'importe quoi, et ma vie est pire encore. Marta m'a embrassé, sans se soucier de l'avenir incertain. Elle aussi avait des projets. Elle avait pensé envoyer son CV à quelques facultés, peut-être enseigner, rien de concret, sinon l'envie de parier sur une vie à deux. Je t'admire, Mario. Elle n'a pas parlé d'amour, ça ne m'a pas surpris. Ça aurait dû. À Madrid, nous avons dit au revoir au Premier Monde. Nous avons fait la tournée des bars toute la nuit, nous avons dansé et bu jusqu'au petit matin ; puis nous sommes rentrés à l'hôtel baiser et dormir. Enlacés, comme un vrai couple. Nous nous sommes réveillés peu avant notre vol, avons jeté un an de coexistence dans nos valises et nous voilà embarqués pour une vie commune de quinze ans.

De retour dans l'étuve de la Guanabara, j'ai remis à Jackson le contrat de la piaule que j'avais louée à Ipanema, à l'époque d'*Oncle Vania*. Il y avait des mois qu'il s'occupait du bazar que j'avais laissé derrière moi, en échange d'un point de chute assuré Zone sud. Je me suis débarrassé de tout ce qui n'avait plus de valeur affective, les souvenirs de l'adolescence, les t-shirts décolorés qu'un ami hippie avait teints, les pipes de haschisch du temps des trips de l'Ipanema ; j'ai gardé un portrait de Raquel en Elena, le reste est allé à la poubelle. Jackson m'a pris dans ses bras, il m'a remercié pour le toit, le ménage que j'avais fait, et il a souhaité que nous restions en contact. Mon pote avait noté des changements. J'étais mieux coiffé, mon teint plus jaune faute de soleil, et surtout le savoir-vivre adulte que j'avais acquis lors de mon long séjour en Europe. Jackson travaillait dans le chœur de *Pippin*, la comédie musicale de Bob Fosse importée de Broadway. Il gagnait un salaire de misère, avait où crécher et ne se souciait pas du lendemain. Le même Jackson que j'avais quitté en partant, il n'avait pas changé. Moi si. Le Mario acculturé d'aujourd'hui ne tenait plus dans le deux-pièces moisi, au fumet de marijuana, de sueur et de sexe qui aurait offensé les narines de nos voisins à Gávea. L'appartement de Marta sentait la rose, comme sa propriétaire.

Nous avons tenu à officialiser notre union en invitant mes parents à dîner. La belle-mère et la bru ont parlé musique, art et échangé leurs impressions sur l'expérience de Maria Amélia comme enseignante à la faculté de lettres. Le diplôme d'Oxford avait assuré à Marta un poste dans le cours de littérature étrangère de l'Université catholique, à deux rues de chez nous. Ému de revoir son fils prodigue, c'est à peine si mon père pouvait parler. Nous sommes allés sur le balcon et avons allumé une Gitane que j'avais rapportée de France. Le tabac noir l'a fait tousser et il a préféré revenir à ses éternelles mentholées. D'une voix nouée, Jorge Cardoso a avoué que ces dernières années il s'était convaincu qu'il m'avait perdu à jamais. Et il m'a remercié de m'être taillé la crinière et réconcilié avec les douches.

Amoureux de Sinatra et des comédies musicales de la Metro-Goldwyn-Mayer, Jorge avait une sainte horreur des communistes. Malgré ses convictions de libéral démocrate, il nous a confié qu'à ses yeux le coup d'État militaire éviterait au pays de se transformer en nouveau Cuba. Indifférent aux persécutions et aux tortures infligées par la dictature, il avait vu sa condition s'améliorer grâce au miracle économique, comme partenaire minoritaire d'une société d'ingénierie. Sans la déception de voir son fils unique parmi les légions d'écervelés qui avaient infesté la planète, il se serait senti exaucé. Le libertinage de *Hair* l'inquiétait davantage que la lutte armée. L'engagement de gauche avait au moins des racines historiques, identifiables, avec Prestes [1], Jorge Amado et Oscar Niemeyer. Mais il n'y avait pas de place pour le théâtre dans l'organisation sociale de Jorge Cardoso, et encore moins pour les beatniks qui déambulaient dans Leblon. Pour toutes ces raisons, me voir en compagnie d'une femme bien élevée – c'était ses paroles –, que je dorme dans un lit décent et mange à une table, cela le touchait beaucoup. Marta était la médaille que j'exhibais pour preuve de ma maturité.

J'ai beaucoup prié pour vous, a-t-il dit, sans pouvoir poursuivre. Il a simplement masqué son émotion en posant sa main sur mon épaule. La vie trouve toujours une

1. Le leader communiste Carlos Prestes.

solution, a-t-il murmuré en s'étouffant. Avant de revenir au salon, il a dit combien il était fier de moi. Au contraire de ce que je pensais, il avait assisté à toutes mes pièces. C'était à mon tour d'en perdre la voix.

Si Jorge Cardoso était encore vivant, que penserait-il maintenant de son fils, qui courait dans une plaine de Jacarepaguá, avec sa fausse barbe, son turban, ses deux filles et sa femme de fiction, toutes habillées comme dans *Jinny de mes rêves* ? Serait-il toujours fier de moi ? Non, sans doute.

Encore deux semaines et le tournage de l'intrigue biblique serait terminé. Mon seul but, ma seule motivation était de rester en vie jusqu'à la fin. Une toile de la taille d'un bâtiment avait été dressée au fond du champ. On y incrusterait plus tard la collision du météore en flammes avec Sodome, dans une prouesse informatique conçue par le Mexicain ramené d'Hollywood. Nous avons répété la scène jusqu'à l'exhaustion, il n'était plus nécessaire de jouer. Manquant totalement de condition physique, nous avons ahané à l'heure dite, en feignant la panique là où il n'y avait que de la fatigue. On avait beau s'échiner, il n'était plus question de douleur créative, d'éclats de génie sur le plateau, rien qui ressemble au cinéma d'auteur de Bento Peixoto. Les temps avaient changé. Celui qui donnait les ordres, de loin, c'était le pape des effets spéciaux. Nous, la distribution, nous recevions la miséricorde d'une ombre rédemptrice chaque fois que nous respections le marquage, ce en quoi je m'en sortais mieux que Bareta, le cheval nain de *Grande Sertão*, venu au monde, lui, sans le talent de Lassie. Mario Cardoso aboyait son texte au signal et aidait même les acteurs à trouver la bonne lumière. Après le coup de semonce du début de tournage, je n'ai plus jamais questionné les motivations de mon personnage, plus jamais je ne suis arrivé en retard. En retour, on m'a traité comme un acteur consacré, ce qui m'a aidé à supporter l'indigence de notre routine.

Après avoir filmé le plan général, nous avons relevé le second défi du jour : transformer la femme de Loth en sculpture de sel. Je me retenais pour ne pas succomber à mes fous rires d'autrefois quand ma godiche de partenaire s'apprêtait à imiter la statue ; et pour ma part, j'ai surjoué tout ce que j'ai pu la pantomime de l'horreur, me voilant les yeux de la paume de la main, versant des larmes aux pieds de l'albe figure. La journée finie, j'ai traversé la plaine, admiratif devant l'attirail de caméras, de chariots, de rails et de réflecteurs éparpillés sur le chemin. La télévision s'était considérablement sophistiquée ces dernières décennies. De quoi devais-je me plaindre ? Porter un turban n'était rien comparé à ce que j'étais disposé à faire de ma carrière. Je suis monté dans le camion-loge, j'ai gratté les nœuds de ma chevelure et ôté ma barbiche, en veillant à ne pas aggraver les plaies du menton, provoquées par les collages et décollages successifs des mois durant. Je me suis rhabillé par-dessus la sueur et suis allé au rendez-vous avec Gomes, à son bureau, pour signer le contrat de la pub qui me délivrerait des griffes du ministère.

J'ai laissé la voiture au garage, j'ai retiré la montre de mon poignet, caché mon portefeuille et mon portable dans la poche intérieure de ma veste, j'ai pris grand soin d'éviter un braquage. Je marchais prudemment, en regardant à droite et à gauche, en direction de l'immeuble commercial où Gomes m'attendait. Les mendiants et les mioches shootés au dissolvant partageaient le trottoir avec ceux qui vivaient encore d'un salaire. Le public, une abstraction. Qui allait encore au théâtre ? Qui se souciait de Shakespeare, de Tchekhov, de Molière ou de Plínio ? Qui avait lu Guimarães Rosa ? La rue était occupée par les vendeurs à la sauvette qui proposaient des téléphones en plastique, des parapluies en nylon et la pacotille chinoise. La chute de Babel mondialisée.

Je me suis frayé un chemin, agrippé à mes poches comme à la vie même, pressé de me délivrer des limbes paraguayens. C'est alors qu'une voix s'est distinguée du tumulte, en swinguant : *A, B, C… Baby, oh, can't you see…* J'ai balayé des yeux les étals et j'ai retrouvé un black power grisonnant, un visage familier, de mes jeunes années. Il se cachait derrière des lunettes noires de contrefaçon. Trois pour cinq ! a crié le gars en tendant des briquets-tempête. Je me suis arrêté devant le type, qui en a perdu son bagout. Il a fait tomber ses lunettes et m'a regardé bouche bée. Jackson, c'était Jackson Five, mon pote de *Hair*, mon frère de lait. Mario… espèce de fils de pute ! s'est-il exclamé. Et nous nous sommes étreints tendrement, en naufragés du présent, au milieu de la foule.

Jackson sentait fort sous les aisselles, il était famélique, avait pris un coup de vieux, mais n'avait rien perdu de son charme filou de survivant qu'il avait toujours arboré. Les embrassades terminées, nous n'avions plus grand-chose à nous dire, il était évident que la vie ne lui avait pas autant souri qu'à moi. Oui, Mario… c'est pas facile, non, a-t-il commenté d'un sourire gêné, de qui n'avait pas eu ce qu'il aurait mérité. Et le théâtre ? ai-je demandé. Pour moi, ça n'a pas marché, a-t-il avoué, je ne suis pas né beau comme toi. Et il m'a caressé les cheveux. Nous avons ri, embarrassés. Je me suis moqué du destin, j'ai montré le bide qui me venait avec l'âge et mon front dégarni, j'ai parlé de l'échec de *Lear*. Au moins, toi, tu as encore des cheveux, lui ai-je dit pour lui remonter le moral.

Jackson était déjà grand-père, il avait eu un enfant très jeune, ce qui l'avait obligé à renoncer aux feux de la rampe. Il parlait avec fierté de ses deux familles, créées presque simultanément. Il nourrissait tout le monde, une douzaine en tout, les femmes, les enfants, les frangins, les neveux et les petits-enfants. Il habitait à São Gonçalo, de l'autre côté du pont, il bricolait dans le centre et fuyait la flicaille. Je suis devenu chanteur de douche, a-t-il plaisanté, mais je pousse toujours mes aigus. Et pour prouver que sa gorge de velours était intacte, il a chanté : *Ben, the two of us need look no more… We both found what we were looking for…* Et j'ai poursuivi… : *With a friend to call my own… I'll never be alone…* Et nous avons fini dans les bras l'un de l'autre. *And you, my friend will see… You've got a friend in me…* Les camelots, à côté, nous ont applaudis, tous des potes de Jackson, j'étais ému de le voir là. Pour chasser l'émotion, Jackson m'a dit que je le faisais beaucoup rire dans le feuilleton, habillé en cheikh. Toute sa famille savait que nous étions amis. Tu es né pour briller, Mario Cardoso ! a-t-il dit, prophétique, et moi pour galérer ! Je lui ai acheté une plaquette de briquets et ai rajouté dans sa main un billet de cent. Aujourd'hui il va y avoir du filet mignon dans les assiettes, en ton honneur, on va fêter ça. Nous nous sommes séparés en promettant de nous revoir, mais nous savions que ça n'arriverait pas. La vie sépare les gens, car elle nous sépare de nous-mêmes.

J'ai allumé une cigarette avec le briquet chinois de Jackson sur le trottoir, en face du hall de Gomes. C'était un sacré chalumeau, je me suis dit que la plaquette en valait la peine, mais le truc s'est cassé au bout de trois fois. Je l'ai gardé dans ma poche, comme souvenir. J'ai salué le gardien et pris l'escalier, l'ascenseur était en panne. Quand je suis arrivé dans la salle, Gomes souriait. Je lui ai demandé pourquoi. De ta chance, m'a-t-il répondu en me conseillant de me détendre.

Les négociations de la pub ont duré trois longs mois. Milena et Gomes ont associé leurs efforts, elle du côté de l'agence, lui dans un bras de fer pour obtenir une somme qui épongerait mes dettes et redorerait mon nom. En compensation, ils toucheraient chacun dix pour cent du contrat. Je n'ai pas discuté. Sur les quatre-vingts restants, trente iraient aux impôts et cinquante pour combler le trou laissé par *Lear*. Je ne verrais pas un sou.

Tu n'es pas content ? Gomes ne comprenait pas... Le procès sera classé ! Il avait raison, j'avais de la chance, Jackson était là pour en attester. Et si je m'enfonçais davantage, tu t'intéresserais encore à moi ? lui ai-je demandé, évasif. Gomes m'a dit d'arrêter mon cinéma. Il a juré qu'avec ce contrat, mes problèmes étaient réglés. J'ai fait semblant d'y croire. J'ai paraphé des pages et des pages sans lire un paragraphe. J'ai signé les quatre exemplaires qui cédaient mon image : elle allait circuler dans tout le Brésil pendant un an. Panneaux d'affichage, placards de bus, publicités dans les magazines et les quotidiens, à la télé, sur Internet, trois versions sonores pour la radio, mannequins et silhouettes dans les supermarchés, sans parler de la promotion où j'apparaîtrais, habillé en monarque. Une campagne tous azimuts, les choses en grand, comme s'en vantait Gomes. J'ai serré la main du comptable, en me jurant de tourner la page. De sublimer. S'ils me demandaient un rein, je le leur donnerais. Les temps avaient changé, je n'étais pas en mesure d'exiger quoi que ce soit. Je n'étais plus jeune et n'avais plus l'avenir qui, autrefois, s'était ouvert devant moi.

Après un sommeil réparateur, je me suis réveillé dans notre lit de l'appartement de Gávea. Marta était déjà partie pour l'université. Rasé de près, douché, je suis allé rencontrer le directeur du premier des nombreux feuilletons qui m'attendaient. J'ai masqué mon angoisse sous un air blasé : que la plus grande chaîne de télévision du pays me dise oui ou non, je m'en tapais – ou le ferais croire. À mon avis, il y avait un antagonisme irréconciliable entre l'art et l'industrie. Mais il m'a suffi de franchir le portique de l'accueil pour aspirer à un poste d'ouvrier modèle de la majestueuse firme. Des décors entiers étaient montés et démontés d'un jour sur l'autre. Des studios équipés, des salles de maquillage, d'habillage, des salons où des dizaines d'idoles buvaient leur café en apprenant leur texte. Une armée travaillait à donner corps à quelque chose d'aussi fugace que la dramaturgie. Au diable le préjugé, l'accusation selon laquelle le réseau colossal de communication s'était concrétisé pour servir les intérêts du régime. Il s'agissait d'une monoculture des médias, sans concurrence capable de lui faire de l'ombre, ça c'était vrai, et elle agissait comme le bulletin officiel d'une république autoritaire. D'un autre côté, une grande partie des écrivains, des acteurs et des réalisateurs qui avaient survécu aux persécutions politiques avaient trouvé dans ces couloirs un havre sûr. Un pan non négligeable, qui savait produire un contenu de qualité. C'est cette frange inquiète qui a signifié son intérêt pour un acteur prometteur comme moi. Dominant de façon absolue l'audimat, la chaîne pouvait prendre des risques, et le quatrième feuilleton de la soirée, celui où j'allais travailler, s'est tourné vers la recherche de nouveaux langages. Moi, ce qui m'intéressait, bien sûr, c'était le salaire garanti, qui me permettrait de partager les dépenses avec Marta ; mais j'accepterais même gratuitement d'être Vicente de *L'Année de la grande sécheresse*, le roman de Rachel de Queiroz sur le fléau dévastateur qui s'était abattu dans le Nordeste au début du XXe siècle. Puisque Vicente était vacher, le fils d'un propriétaire terrien, il profiterait de mon expérience de Riobaldo. Prêt à m'occuper du bétail et à jouer de l'éperon, j'ai décroché le rôle qui n'exigeait aucune concession artistique. La bonne fortune me souriait, et la télévision, à cette époque, m'offrait tout ce que je convoitais.

Vicente a été un coup de maître, du jamais-vu. Le succès que j'avais connu au théâtre prenait une envergure nationale à la télévision. L'éloge des critiques, même les moins bien disposés en faveur de la chaîne. Les taux d'audience grimpaient dès que j'apparaissais à l'écran. Des lettres enthousiastes s'empilaient au secteur des recrutements, des femmes criaient mon nom devant la station. Mais Marta était spéciale, sa culture, sa beauté étaient mon atout. Notre couple était heureux, sans névrose ni passions maladives. Du temps allait s'écouler avant que je n'outrepasse les limites de l'affront, d'abord en secret, puis ouvertement.

Mais notre séparation n'a même pas découlé des adultères à répétition. Ce qui s'est progressivement effiloché, c'est l'admiration qu'un jour, en Espagne, elle avait déclaré avoir pour moi. À cause de mon rôle de félon rustique, dans une intrigue coloniale, qui a suivi le fiasco de l'Hitchcock des tropiques, une version ratée de *Vertigo*. Les coups de fouet contre une jeune métisse. Ma déchéance professionnelle. Voilà ce qui avait alimenté la répulsion de Marta. L'acteur l'avait déçue. Elle aussi avait eu des aventures, c'était la vie, nous le supportions plutôt bien. Mais l'aristocratie bahianaise ne pouvait admettre le mariage avec un méchant comédien de troisième catégorie. Marta aimait Riobaldo, Vicente, Astrov et même Vado. Même Vado, elle l'aimait. Ou le vieil hypocondriaque d'Argan, le malade imaginaire de Molière, que j'avais joué sur ses conseils et qui avait attiré les foules au théâtre. Le cruel José Dias, maltraitant les esclaves, ça non, c'était trop pour Marta.

— Je ne supporte plus ta médiocrité.

C'est la phrase qu'elle m'a servie quand je suis rentré après un pot avec l'équipe du feuilleton où j'avais bu plus que de raison et enduré l'arrogance du jeune idiot imberbe qui m'expliquait qu'il y avait une vie après la télévision. Je ne supporte plus ta médiocrité, elle vidait son sac, et c'était pire qu'une gifle.

Quinze ans. Les changements infinis, les infimes altérations, aujourd'hui réduites à un instant. Il était impossible de préciser la somme de ces moments qui m'avaient conduit au précipice. Mais j'insiste sur l'origine, le premier signe de l'érosion qui menaçait.

Le triomphe de *La Grande Sécheresse* m'avait valu un contrat de trois ans, ce qui était pour moi nouveau et significatif. L'angoisse de l'artiste, le saut dans l'inconnu, la peur de l'avenir ont cédé la place au confort de servir un patron puissant. Je pouvais enfin voir venir. Après la signature de la batterie de clauses, les pages paraphées, je suis sorti sur un petit nuage du bâtiment où se concentrait l'administration de l'entreprise de télécommunications. Je marchais léger, mes pieds touchaient à peine le sol. C'était un matin de mai, le soleil froid me rappelait l'Europe. Tout promettait, prospérait. Il manquait le superflu. J'ai marché au hasard, en léchant les vitrines. Une montre, peut-être... Trop banal. Je cherchais un objet symbolique qui puisse incarner mon exploit. C'est alors que la vision m'est apparue. Sur le trottoir d'en face, derrière la vitre d'un concessionnaire de luxe, un cabriolet deux places, une réplique presque parfaite du modèle anglais MG TD, a stoppé net ma quête. Rien ne supplanterait la MP Lafer, rien ne la remplacerait. Elle avait le moteur d'une Coccinelle, une carrosserie en fibre de verre, et alors ? J'étais sous le charme de l'impeccable touche rétro du joyau de l'automobile. J'ai signé le crédit, amorti sur un an, je le pouvais, ma stabilité professionnelle me le permettait.

Le bestiau enfin dans le garage, j'ai mis le contact, le moteur a rugi de toute sa petite puissance et j'ai démarré. J'ai défilé à travers la ville, je zigzaguais le long des plages, j'ai refait plusieurs fois le circuit de l'Aterro. Dans les bouchons, la carrosserie éraflée des bus près de ma décapotable, les têtes des passagers empilés dans leur boîte à sardines me lançaient des œillades jalouses. Ravissement pathétique, je sais, mais irrépressible. Je me suis garé devant l'université de Marta. Je voulais la subjuguer, que ma femme soit fière de moi. Les étudiants ont vite fait le siège de l'apparition, une fille plus téméraire a voulu s'asseoir à côté de moi. Je l'ai laissée faire. Je riais comme un gosse, malgré le poids des ans. Mille incarnations plus tôt, à l'âge de ces gamins, je m'étais entassé avec d'autres à l'arrière d'un camion pour conscientiser les masses du fin fond du Pernambouc. Je constatais que mon ascension avait été vertigineuse, couronnée maintenant par le plus beau des insignes. Marta a passé le portail. En découvrant l'origine de l'attroupement, elle a souri, incrédule. Tu veux que je te dépose ? lui ai-je demandé simplement, en congédiant gentiment l'étudiante assise sur le siège. Marta a fait semblant d'être jalouse et elle a pris place. Je l'ai enlacée et embrassée, la foule a applaudi. C'était un événement. J'ai pris la Marquês de São Vicente en direction du tunnel qui menait à la plage de Barra da Tijuca. Ma main sur les cuisses de Marta, un amour immesuré pour la vie, mais surtout pour moi-même. À Recreio, loin de la ville, nous avons attendu que le soleil se couche sur l'océan et nous avons baisé sous le ciel, dans l'étroit habitacle entre les deux portes.

Le bolide exigeait un ravalement du propriétaire. J'ai adhéré au foulard autour du cou et aux Ray-Ban dégradées ; j'ai adopté l'élégance du gilet sans blazer, orné d'une tignasse léonine entretenue avec force shampooing. Marta riait. Elle percevait la métamorphose sans imaginer qu'un jour le monstre se retournerait contre elle. J'ai commencé à fréquenter les discothèques, d'abord le Frenetic Dancing Days et, plus tard, le Régine's et l'Hippo, je dansais sur la piste avec les tics de Travolta. J'étais devenu familier des milieux chics et bohèmes, les peintres, les journalistes, les cinéastes et toute la CHANSON POPULAIRE BRÉSILIENNE, la fameuse MPB. L'amnistie sans restriction achevait d'enterrer la dictature militaire, et l'engagement politique cédait peu à peu le pas à un hédonisme lascif, enivré, étourdissant.

La célébrité est un boulet. Mais ce n'est pas ce qu'on se dit quand elle vous flatte et vous fait de l'œil. La mienne est arrivée au mieux de mes hormones et j'en ai joui avec la volupté des vertes années. La crinière épaisse, le ventre plat, les muscles fermes et une envergure homérique. Je me distinguais dans la foule grâce à ma taille, qui dépassait la moyenne nationale d'une tête. La télé m'a fait deux fois plus grand. Et la première fois où je me suis vu entouré d'une légion d'anonymes, j'ai découvert un plaisir jusque-là inconnu. C'était dans une boutique d'Ipanema, où j'étais allé m'acheter des tennis. La vendeuse s'est agenouillée en tremblant pour lacer mes chaussures, elle riait en direction de ses collègues, qui l'enviaient d'avoir eu la chance de servir le don Juan du feuilleton. J'ai été assailli à la caisse, d'abord par les employées, puis par les clientes. Je suis resté plus d'une heure là-bas, à souffrir assauts et mignardises. J'ai raconté à Marta ce qui m'était arrivé, en m'efforçant de cacher ma joie. Elle a ri : Je dois m'en inquiéter ? J'ai répondu, sincère, que personne ne lui arrivait à la cheville.

De fait, ça n'en valait vraiment pas la peine. Mais je me contrôlais difficilement. C'était moi qui ne valais pas un clou.

Vers la fin de *La Grande Sécheresse*, un magazine pour hommes à gros tirage m'a proposé un portrait. L'éditeur se chargerait de l'interview, signe du prestige que vous accordait le milieu. On ferait quatre entretiens conduits par Consuelo Fontes, une métisse pétulante, qui me suivrait sur les tournages et serait reçue à la maison pour une séance photo. Pendant deux semaines, nous nous sommes côtoyés sans faire cas des différences de genre. J'ai donné des avis sur tous les sujets : la politique, l'art, l'homme, la femme, la gauche, la droite, la drogue, l'amour et la fidélité. Pour la première fois, j'ai parlé de moi à la troisième personne, comme si Mario avait été un autre. Cette version héroïque a flatté plus encore ma vanité, bien davantage que l'excitation ou le harcèlement de mes adoratrices. Les acides que j'ai pris à l'Ipanema, les impros qui finissaient en orgies, le suicide de Raquel, la lutte armée dans le Pernambouc, l'accident de Bento, les festivals de cinéma, mon histoire avec Marta ; ce « Voilà ma vie », à trente ans, a achevé de me convaincre que Mario Cardoso était en fin de compte un demi-dieu de classe, un superhéros BG de Marvel. Consuelo a maintenu la distance du reporter, mais il lui arrivait de s'ouvrir, d'échanger des opinions et de parler d'elle sans que je pose de questions. Le jour où nous l'avons reçue à Gávea, Marta a trouvé étrange sa familiarité. Nous avons ouvert une bouteille de vin, tous les trois, ma femme restait laconique. Par son éducation, elle trouvait de mauvais goût d'aller confier ses secrets et restait réticente pour participer à l'interview. Elle a cédé à mon insistance. Je ne suis pas misanthrope, ai-je plaisanté en citant Molière qu'elle aimait tant. Marta a accepté, mais a posé sans sourire et n'a pas caché son malaise devant les indiscrétions expertes de Consuelo. Avec le sourire crétin des miss, l'éditrice en est venue au sujet jalousie, elle a voulu savoir si Marta était une femme possessive. Je ne suis pas là pour parler de moi, a répondu sèchement l'épouse, j'apprécie la discrétion. Ça doit être difficile, alors, d'avoir un mari célèbre à la maison. Consuelo poursuivait sur le mode intrusif. Elle a reçu en retour une question cassante : Y a-t-il plus infâme que la célébrité ? Marta s'est retirée avec son verre. Je suis resté dans le salon, à répondre au reste du questionnaire, piqué par la rudesse de ma compagne. Je l'ai interprétée, de fait, comme de la jalousie, ce qui serait nouveau venant d'elle ; peut-être du mépris, ce qui m'offensait plus encore. À la fin, je me suis excusé pour l'attitude de Marta. Consuelo a répondu qu'à sa place elle aussi se sentirait menacée. Et elle m'a regardé comme elle ne l'avait jamais osé, autre, ardente.

La chambre était déjà dans le noir, Marta dormait, ou faisait semblant, tournée sur le côté. Je me suis brossé les dents et me suis allongé. J'étais colère. J'ai rêvé de Consuelo, un rêve tiède, agréable, que j'ai confié à l'éditrice la fois suivante, notre dernière rencontre officielle. Elle s'est rengorgée et, au moment de nous dire au revoir, a fait durer l'étreinte. Nous ne nous sommes pas parlé pendant deux semaines, nous n'avions pas de raison de le faire, le travail était terminé ; mais elle revenait de façon insistante la nuit dans mes rêves, réapparaissait dans mes délires récurrents, chaque fois plus réels. Dans l'un, je m'asseyais, nu, devant elle, et elle prenait des notes sur ma queue. D'où le frisson qui m'a parcouru le dos de bas en haut quand j'ai reçu un message de la main de Consuelo, remis par l'attachée de presse du feuilleton. Elle proposait un déjeuner, prétextant d'avoir à choisir les photos. J'ai proposé la date du lendemain, j'avais besoin de la revoir, elle m'obsédait. Je n'avais jamais voulu tromper Marta, et il ne m'était pas facile d'admettre que c'était ce que j'allais faire, ou ce que je faisais déjà, au moins en imagination. Consuelo m'a montré les négatifs, les planches-contacts, quelques photos entourées au feutre. Moi, là en train de rire, ici sérieux, moi auprès de Marta. Marta. Avec la loupe, je me suis attardé sur son visage fermé, sur la photo. Je me suis vu installé, en couple. C'était bien ça ? Me revenait le malaise de cet après-midi-là, quand elle était partie s'enfermer dans sa chambre, sans prendre congé de la journaliste. J'ai choisi les meilleures poses, j'ai décidé d'affronter la tentation. Et alors, Mario... ? a dit Consuelo. Il y avait dans ce « Et alors » comme un monde de possibles. On ne vit qu'une fois. J'ai payé l'addition et emmené la perdition jusqu'à mon MP Lafer, mettant fin à notre relation professionnelle. Une main sur le volant, l'autre sur ses cuisses, comme je l'avais fait un jour avec Marta, sur la route de Recreio. Nous nous sommes dévorés dans le séjour de son appartement. Pas de paroles, de poésie, de bla-bla, rien. Et je me suis rhabillé sans traîner et suis parti. Consuelo non plus ne voulait pas faire la causette. Elle s'était amourachée de moi. Dehors, je me suis senti mal, la réalité ne correspondait pas aux attentes. Je ne l'ai plus jamais rappelée. J'ai enterré l'éditrice au fond d'un placard, elle et vingt exemplaires du magazine. Je n'ai pas osé montrer le reportage à Marta. Notre triste photo en page quatre et la signature de Consuelo Fontes, au bas d'un article au titre compromettant : « Passion ». De nos frasques n'était resté que de l'embarras. La vivacité de Consuelo n'était qu'une façade, à l'intérieur, elle ne différait pas des vendeuses de chaussures. Mais le portail s'est ouvert avec elle, c'est avec elle que j'ai franchi le Rubicon des histoires extraconjugales. Avec elle, j'ai écrit les premières lignes de mon odyssée que je répétais à l'envi à qui voulait l'entendre, la publier. Ce qui était naguère un projet de Mario est devenu un Mario complet, de A à Z. J'ai enchaîné les feuilletons, les pièces et les films jusqu'à être promu Augusto Reis, le méchant, celui-là même qu'on a propulsé dans l'espace comme une boule de feu, après que j'ai volé la fortune de mes partenaires. Quatre-vingt-dix pour cent d'audimat. Adieu, raison ! Ma peau était devenue trop petite pour moi. Il n'y avait plus ni mère, ni ami, ni parent, ni épouse ; même la disparition de mon père n'est pas parvenue à me toucher.

J'ai appris sa mort entre deux représentations dominicales, dans un théâtre de Recife. La matinée s'était achevée sur trois rappels. Trois. Deux mille cinq cents personnes à mes pieds. Argan, l'hypocondriaque. Très saint Molière. La popularité de la télévision multipliait les chiffres de la billetterie. Cela faisait six mois que j'alternais les tournages des feuilletons et ma tournée dans tout le Brésil, le phénomène se répétait dans chaque théâtre. Je suis sorti par les coulisses vers ma loge ; d'ici quarante minutes allait commencer la seconde représentation. Le décor partirait ensuite pour Fortaleza et je passerais la semaine à la station balnéaire de Porto de Galinhas, jouissant de mes lauriers au bras de l'actrice qui jouait ma fille. Notre histoire était de notoriété publique, je n'essayais plus de la cacher. Marta non plus. Je soupçonnais que l'admiration qu'elle ressentait pour un exilé de retour d'Europe, un ancien guérillero aux ambitions politiques, s'était transformée en liaison. Malgré ma jalousie, cette union me paraissait juste. Mes longues absences nous évitaient de nous disputer. Nous nous téléphonions comme si de rien n'était. Nous évitions la franchise, vivions des histoires parallèles sans compromettre la nôtre.

Je retouchais mon maquillage quand le metteur en scène est venu me dire que ma femme m'attendait au bout du fil, elle avait appelé le théâtre. J'ai trouvé ça étrange. Il y avait un problème ? Il n'a pas su me répondre. J'ai traversé les coulisses avec un mauvais pressentiment, j'ai franchi le dédale de portes qui menait à l'administration, je me suis assuré d'être seul et j'ai pris le combiné. Après une brève hésitation, Marta s'est risquée à aller droit au but. C'est ton père, Mario. Mon père ? Oui. Il va bien ? Silence. Non, Jorge a fait un AVC cérébral cet après-midi, ta mère l'a emmené aussitôt aux urgences, mais il n'a pas résisté. Il n'a pas résisté... Pourquoi ne pas dire les choses ? Mort, ce n'est pas un gros mot, ai-je pensé, énervé. Il est mort, c'est ça ? lui ai-je demandé, comme si le problème, c'était sa délicatesse à elle. Oui, c'est ça, a confirmé Marta, je suis désolée. J'ai de la peine... Elle a de la peine. Moi aussi, j'ai essayé d'avoir de la peine, mais à ma grande surprise, je n'ai prêté attention qu'à mon malaise. Deux mille cinq cents personnes à m'attendre et Jorge me fait le coup de cet AVC indigeste. Je voulais retourner sur scène, oublier, reporter le deuil à un autre jour. Le théâtre se fiche de la maladie. Je ruminais... Ne me viens pas avec tes bobos soudains, Jorge Cardoso, pas maintenant, pas ce soir. J'ai prévenu Marta : Je ne peux pas annuler la représentation. Elle m'a promis de s'occuper de Maria Amélia, de la paperasse, d'assumer son rôle de bru. Elle avait fixé l'enterrement au lendemain après-midi, je prendrais le vol de neuf heures et arriverais à temps pour la veillée funèbre. La veillée funèbre, en plus, ça ne va pas le faire. J'ai feint la consternation, recouru à tous les artifices, mais je ne me déprenais pas du désagrément d'avoir à gérer un décès. Je n'ai rien dit à mes camarades. Auprès de la jeune actrice, j'ai inventé des problèmes urgents, la plage allait devoir attendre un peu. Je suis entré sur scène en transe, j'ai défendu chaque saillie, conquis le public, comme si le théâtre était l'antidote à notre finitude. J'ai musardé, me suis surpassé, j'ai prouvé que j'étais plus grand que la douleur, plus grand que la mort. Jorge n'allait pas me voler ça.

— *Par la mort non de diable ! Si j'étais que des médecins, je me vengerais de son impertinence ; et, quand il sera malade, je le laisserais mourir sans secours.*

Cinq, nous avons eu cinq rappels. Non content d'applaudir, le public tapait des pieds, le théâtre rugissait comme un fauve. J'ai regretté que mon père ne soit pas mort le samedi. J'aurais allégué l'engagement sacré de la scène et me serais délivré des funérailles. Mais non, on ne choisit pas l'heure.

L'avion a eu du retard à cause de l'escale d'avant à Belém ; j'ai atterri à temps pour porter le cercueil. Marcelo, mon cousin bodybuildé, a pris la poignée opposée, Gomes s'est chargé de la troisième, notre partenariat atteignait son point culminant. Carine et tante Neusa ont fait les pleureuses, elles soutenaient ma grand-mère effondrée. Les premiers signes de sa maladie allaient se manifester quelques mois après la perte de son fils, peut-être était-ce lié. Ma mère a suivi le cortège avec dignité, sa main posée sur le cercueil. Elle n'a rien dit. Elle avait gardé ses larmes dans la chambre, après une nuit blanche ; maintenant elle tenait sereine son rôle de veuve. Les photographes nous attendaient à la sortie du cimetière, j'ai apprécié de les voir là. J'ai endossé l'orphelin, j'ai pris une pose accablée.

Vanité, tout est vanité. J'aimais mon père ; un jour, qui sait ?, j'aurais du chagrin.

Nous avons ramené Maria Amélia à la maison pour qu'elle dorme chez nous. Elle a demandé un somnifère et a sombré dans un profond sommeil. Marta et moi sommes allés au salon. Il était plus difficile de mentir à son épouse, mon amertume était évidente. Tu veux parler ? a-t-elle risqué. Je ne veux rien, ai-je répliqué sèchement. Marta voulait savoir si elle avait mal agi. Je ne sais pas, c'est le cas ? Le fleuret moucheté avait commencé, juste pour le plaisir de l'humilier. Je me fichais de son histoire avec l'idole de gauche, mais je faisais tout pour qu'elle se sente coupable, je commençais à dérailler.

Un an avant, nous avions traversé une grave crise conjugale. Marta était tombée enceinte et je n'ai pas voulu assumer. Mieux, je lui ai demandé d'avorter en disant : Nous avons le temps, pourquoi maintenant ? J'ai voulu l'embrasser, mais elle a reculé. J'ai perçu sa rancœur, mais suis resté intransigeant. Je l'aimais, je voulais continuer comme avant, amoureux, libres. Marta a fait celle qui avait compris, mais elle ne m'a jamais pardonné. Le lendemain matin, sans me le dire, elle s'est rendue dans une clinique pour n'en ressortir que le soir. Je regrettais mon manque de tact, mais je n'ai compris l'ampleur de l'affront qu'en la voyant revenir les dents serrées, transformée. Son éducation la retenait de certains éclats. Durant plus d'un mois, c'est tout juste si nous nous sommes parlé. Je maintenais mon style romantique, je l'ai flattée autant que j'ai pu, mais mon refus de la paternité a coupé notre avenir en deux. Entre l'amour ou l'amour de soi, j'ai toujours préféré le second. À l'aune de ma petitesse comme homme et comme interprète. Marta faisait partie de mes foucades, je ne la voulais que pour moi-même.

En public, nous riions, mais nous gardions nos distances entre quatre murs. Jamais plus nous n'avons été intimes. Le héros exilé est apparu quelques mois plus tard, à son initiative à lui, je le sais. Les deux s'étaient connus à l'université, dans une conférence pour les étudiants en sociologie. Ils étaient devenus amis. L'ex-guérillero, en rupture de ban avec la gauche, était maintenant intéressé par des sujets encore absents d'un Brésil fraîchement sorti de la dictature. Le féminisme, l'écologie, la liberté sexuelle. Il était végétarien, il ne pouvait pas en être autrement. La nouveauté a attiré toute une bande de fidèles. La culture, l'intelligence de Marta, tout en elle a éveillé l'intérêt du martyr ressuscité, une amitié est née et elle a fini par faire sa campagne aux législatives. Ils se voyaient plus que nous ne nous voyions. Nous avons dîné ensemble quelquefois, je réglais la note en grand seigneur, tout en avalant un steak dans les parties nobles, histoire d'offenser le saint bigot. J'ai eu peur de la perdre, je ne le voulais pas. Je savais à vrai dire que je méritais son indifférence, sa distance, mes cornes. Un avortement, ça ne s'oublie pas comme ça. J'ai essayé de m'éloigner, j'ai soigné ma jalousie en honnêtes compagnies et me suis guéri sous les projecteurs avec Argan. Ce qu'elle ressentait, c'était de l'amour, mais ce n'était pas pour moi. Je pensais : Laisse tomber, un jour ça lui passera, un jour elle reviendra.

De retour de l'enterrement, j'ai déversé sur Marta mon mal-être. Je t'ai fait quelque chose, Mario ? Je ne sais pas, oui ? ai-je répondu. Elle a compris le message et a pris son sac. Marta n'a jamais assumé une dispute. Je lui ai demandé cyniquement : Tu vas retrouver ton député ? Non, dit-elle, je vais voir le soleil agoniser sur la plage. Et elle est sortie. Ce n'est qu'alors que j'ai pleuré, pour moi, pour nous, pour mon père.

J'aurais d'autres occasions de pleurer, récemment même, des larmes plus éprouvantes, jusqu'à ce que j'apprenne à ne plus pleurer. Nous apprenons de nos échecs, ils nous rendent plus forts. Ne réfléchis pas, Mario, va de l'avant. Ce matin-là, je me suis répété ce mantra devant le miroir, avant de suivre le corbillard.

J'ai pris mon petit déjeuner avec Maria Amélia et Carine. J'ai feuilleté le journal. Elles s'étaient levées tôt, avaient l'intention de faire un tour dans l'après-midi. Elles riaient l'une de l'autre, comme deux écolières qui partagent leurs secrets. Ces derniers mois, elles se promenaient souvent ensemble, passaient la journée dehors et ne revenaient qu'en fin d'après-midi. Elles jouaient aussi beaucoup. Au loto. Mon chagrin était tel que je fermais les yeux sur l'utilisation de ma carte de crédit et leurs sorties. J'ai commencé à avoir des doutes le jour où Carine, en me voyant surgir dans le bureau, s'est empressée de quitter la page de l'écran. Grâce aux privilèges de la maison, elle s'était créé un compte Facebook. L'espace d'un instant, j'ai entrevu l'annonce offrant un véhicule aux vieilles désireuses de risquer leurs économies dans les jeux clandestins. Ma cousine s'est faite discrète, j'ai failli siffler la fin de la partie, mais j'y ai renoncé, j'ai préféré passer l'éponge. Ma mère avait changé, elle se réveillait heureuse, se maquillait, sortait ; elle revenait légère, rieuse. Je me suis dit : Laisse-la jouer, chacun ses petits vices. J'ai demandé à Carine de ne pas faire de paris inconsidérés et de veiller sur Maria Amélia. C'était mieux que de la voir apathique, endormie sur le canapé, souffrant d'un avortement qui n'avait jamais existé ou de l'illusion d'un mariage non réciproque.

Nous avons mangé comme si de rien n'était. J'ai demandé histoire de causer ce qu'elles allaient faire et, en échangeant des regards complices, elles m'ont répondu qu'elles déjeuneraient en ville avant d'aller au cinéma. J'ai fait semblant de les croire. Aucune n'a cherché à savoir ce que moi j'allais faire à São Paulo, et je ne me suis pas étendu. Nous nous sommes embrassés telle la Sainte Famille et j'ai quitté la matinée lumineuse de Guanabara pour affronter le samedi pluvieux à São Paulo. Le ciel noir reflétait au mieux mon état d'esprit.

Je me suis dirigé vers le studio dans un quartier éloigné. La production m'a accueilli avec tout le chichi. De l'eau, du café, une loge personnelle, des serviettes neuves. Gomes a appelé pour voir si j'étais bien arrivé ; Milena est apparue souriante, accompagnant son client pour qu'il me salue. J'ai été aimable, j'ai pris des photos et j'ai feint ma satisfaction. La meute partie, j'ai enfilé mon peignoir et on m'a amené au maquillage. Installé dans un fauteuil de coiffeur, je me suis détendu, la maquilleuse m'a massé le visage et j'ai apprécié ses doigts délicats et apaisants. Fond de teint, fard, blush. Elle m'a demandé de me regarder, voulait savoir si j'étais content du résultat.

Je me suis regardé. Le fantôme dans le miroir, les cernes creusés au Max Factor. La barbe postiche collée au vernis. Les traits du visage soulignés au crayon. Un vieillard. Prêt ? m'a demandé l'assistant. Toujours, ai-je répondu solennellement.

Je suis retourné dans ma loge pour revêtir les haillons qui achevaient la composition. Le costumier a ajusté le manteau déchiré, la couronne me pesait comme une tresse d'épines. Lear, mon désamour. Lentement, j'ai parcouru le long couloir qui menait au studio.

Les projecteurs, la chaleur, une serre, le désert. Le réalisateur s'est approché, obséquieux, et m'a expliqué l'action. Le monarque chancelait vers son trône et s'asseyait, épuisé. Nos plus misérables mendiants ont quelque pauvre objet en superflu, ajouterait la voix off. Soulagé, je déroulerais la fine couche de papier toilette et, face à la caméra, je déclamerais une phrase de l'acte II, scène II de la pièce.

N'accorde à la nature que ce dont la nature a besoin,
La vie de l'homme ne vaut pas plus cher que celle de la bête.

Plan général, je suis assis sur des latrines reluisantes, le fin rouleau à la main, et un fondu avec l'image du produit, blanc, immaculé comme la Sainte Vierge. Et un carton conclurait : *Noble, pour ceux qui ne renoncent pas à leur majesté.* Le client discutait le « misérables » de la voix off. C'est offensant pour les pauvres, a-t-il allégué, craignant de déplaire aux catégories C+. Mais c'est Shakespeare ! a répliqué pompeusement le publiciste, comme si sa création respectait le barde. Nous avons perdu près d'une heure à cause de cette discussion affligeante, jusqu'à ce que le client se persuade qu'on trancherait la question plus tard, lors de la finalisation. Le jeune coq de la pub a baissé sa crête et le réalisateur a sifflé le départ du train. J'ai soupiré, résigné, c'était presque la fin, presque. Malgré le déshonneur, je repartirais avec ma comédie des erreurs exorcisée. On a fait la mise au point, testé le chariot, je me suis traîné dans le sable jusqu'à mon siège d'émail. Pendant que je m'exécutais, j'ai repassé dans ma tête l'enchaînement des faits qui m'avaient amené jusqu'ici. Le succès que j'avais connu en tant qu'acteur, les chemins tortueux, mes quarante ans de métier qui finissaient littéralement aux chiottes. La fin de course, la mort, peut-être la résurrection. On m'a exigé un sourire en gros plan, arborant entre les mains le papier toilette. J'ai souri, je n'avais pas le choix. J'ai porté ma croix jusqu'au bout. J'ai décollé la barbe, retiré les cernes, mais les rides, elles, étaient bien là. J'avais beaucoup vieilli cet après-midi-là, et comment ! Je n'ai pas pris congé de l'équipe, je n'ai parlé à personne, je suis sorti de ma tombe par la petite porte. La pluie était passée, le soleil teignait le ciel d'un orange irréel, terminant une autre journée de son passage sur terre. J'ai fumé une cigarette jusqu'au filtre. Combien en avais-je fumées, des comme celle-là, à commencer par la première, des décennies plus tôt, lors du sommet d'une multinationale du tabac ?

Au dernier étage d'un immeuble de São Paulo, je me suis attablé avec une quarantaine de cadres éminents, pour être présenté comme le nouvel homme-sandwich de la marque. Interrogé, j'ai dit que non, je ne fumais pas, je n'avais jamais fumé. Un silence gêné s'est emparé de la table ovale. Le directeur de l'agence a sorti un paquet de sa poche et me l'a tendu. Il n'est jamais trop tard pour commencer, m'a-t-il dit. J'ai attrapé une cigarette, et un Américain de grande taille, si blond qu'il aurait pu passer pour albinos, m'a tendu un briquet ; j'ai approché la cigarette, inhalé sans tousser et recraché la fumée avec classe. Ovation. Tout le monde m'a imité et nous avons fumé de conserve, en une fraternisation diabolique. Combien sont morts ou sont devenus accros à cause de cette pub ? D'innombrables péquins, je suppose, moi compris, mais je ne m'étais jamais repenti de l'avoir fait, au contraire de maintenant.

J'ai jeté le mégot par terre et l'ai écrasé avec le pied jusqu'à éteindre la braise. J'ai souhaité que ce vice écourte ce qu'il me restait à vivre. Ce serait un soulagement, pensais-je, de disparaître, de disparaître d'ici. Mon ambition n'était plus rien qu'*une ombre en marche, un pauvre acteur, qui se pavane et se démène son heure durant* devant un rouleau de papier toilette. J'ai repris l'avion pour Rio. Mon Rio, qui partageait ma banqueroute. Je suis revenu sans un mot, dans un avion clairsemé, je mâchouillais une vieille cacahuète avec un Coca sans bulles. J'ai ouvert la porte de la maison. Maria Amélia et Carine se baguenaudaient toujours. Une douche m'a lavé l'âme, j'ai dîné dans le séjour vide et ronflé devant le *Fantástico*.

J'ai tourné l'effroi de Loth dans une grotte en papier mâché, montée dans un studio sans clim. Je suais sang et eau dans ce trou à rat, mais le rôle n'exigeait pas d'effort. Je n'ai même pas eu besoin de crier, de courir ni d'apprendre mes répliques. Dans l'original, le méchant est enivré par ses filles, qui copulent avec leur père pour croître et multiplier. Bien que sacré, l'inceste était inconcevable à l'heure de grande écoute. L'auteur a résolu l'indécence canonique en me laissant ivre mort tandis que les progénitures célibataires déclaraient leur crainte de rester vieilles filles. À bon entendeur, salut.

Le dernier chapitre de *Sodome* a été diffusé quinze jours plus tard. Ma mère y a assisté avec un vif intérêt, sur le canapé, à côté de Carine, et elle m'a demandé pourquoi j'étais si exténué. C'est la Bible, Maria Amélia, c'est la Bible. Pause publicitaire : Noble, le papier toilette. Ma mère ne m'a pas reconnu et s'est levée pour boire un verre d'eau. Carine a écarquillé ses yeux, elle m'a demandé si c'était bien moi. Oui, Carine, c'est moi. Et elle s'est mise à rire, en faisant une grimace perfide. Maria Amélia a appelé, Carine s'est levée pour l'aider et j'ai commencé à zapper d'une chaîne à l'autre. Cette infamie passait en boucle, partout, que le canal soit payant ou non. J'ai couru sur l'Internet. Des bandeaux de cinq secondes s'affichaient sur l'écran. Un… deux… trois… quatre… Je voulais voir où intervenait la coupure. Sur les latrines, les cinq secondes s'arrêtaient quand je m'asseyais sur les latrines… C'était l'accroche pour harponner l'internaute, qu'il ne saute pas l'annonce.

J'ai pensé à me condamner à la prison à domicile.

Je me suis rappelé une actrice qui avait regretté d'avoir posé nue pour un magazine masculin. Elle s'appelait Soraia Ribeiro. J'ai croisé Soraia dans la rue, du temps où je jouais encore les héros ; nous ne nous étions plus revus depuis mon dernier feuilleton. J'ai mentionné que je l'avais aperçue, je ne me souvenais plus où, et j'ai réalisé que c'était dans le fameux magazine. Un cameraman, exhibant un sourire obscène, m'avait traîné dans un coin du studio et avait déplié la page centrale. Vous avez vu Soraia, Mario ?

Quel popotin ! J'avais oublié l'anecdote jusqu'à ce jour où j'avais remarqué le visage décati de l'actrice sur le boulevard. Le corps offert de Soraia m'est apparu l'espace d'un éclair, elle l'a remarqué et a pris congé d'un air sombre. Elle regrettait, jamais l'argent ne pourrait laver son image. C'était mon tour.

J'ai éteint l'ordinateur, la télévision, j'ai fui les journaux, les magazines, les radios. Un an, mon Dieu, un an de Soraia devant moi. J'ai fait appel à un antidépresseur, que m'a prescrit le psychiatre qui s'occupait de Maria Amélia. Une fois conclus les malheurs de Loth, j'espérais reprendre le travail d'ici quelques mois, dans la suite du feuilleton biblique où me reviendrait le rôle de Laban. Sur avis médical, je me suis mis à marcher sur la plage, afin d'occuper mon temps libre et de me souvenir que la vie comporte aussi ses beautés.

Par une journée ensoleillée, je marchais tranquille, en admirant l'après-midi, l'humeur apaisée par les progrès de la psychiatrie. Tout allait bien, jusqu'à ce que j'aperçoive, à l'arrière d'un bus, Lear accroché à son rouleau de Noble. J'ai essayé de regarder ailleurs, mais le feu est passé au rouge, et l'image s'est arrêtée sous mes yeux. Absorbé, je n'ai pas remarqué un gang de morpions qui m'a entouré. L'un d'eux, un petit pervers démoniaque, une canine en moins, a remarqué l'annonce et m'a dévisagé effrontément. Je t'ai vu à la télé, a-t-il dit, et il m'a demandé une pièce. J'ai refusé. Donne-moi une pièce, tonton. Il insistait. J'ai tourné le dos et je suis parti. Pour se venger, le garçon m'a adressé un prout avec sa langue placée entre les lèvres, et il a invité les autres à se joindre aux lazzis. Le pet a mis le feu aux fripons qui ont imité leur chef et composé un quintette bouffon. J'ai pressé le pas, mais la meute m'a suivi. Trois pétaient dans les aigus, un autre assurait la basse, le plus jeune marquait le tempo, en glissant sa main droite sous l'aisselle et en battant de l'aile pour produire l'effet sonore escompté. Ils ont improvisé un funk. *Roi de mon cul, coucou, roi de mon cul foireux...* Je me suis retourné, furibard, ça a été pire. Le plus petit a baissé son pantalon et m'a montré ses fesses. Je suis entré dans le premier taxi venu et ai laissé l'orchestre derrière moi ; mais le refrain a persisté en boucle jusqu'à ce que la voiture disparaisse.

J'ai demandé si je pouvais fumer, le chauffeur m'a laissé faire. À la radio, une chanteuse américaine interprétait un succès médiocre en poussant des miaulements d'orgasme. Le chauffeur a demandé où nous allions. Où ? Vers la tombe. J'ai donné mon adresse, je ne sortirais plus jamais de là. J'ai admiré la plage, l'océan imposant sous le ciel d'automne. Le majestueux chromo de la carte postale. À peine arrivé, j'ai baissé les volets, me suis enfermé dans la chambre, ai avalé du Rivotril au goulot et dormi pour oublier. Pas de rêves, de souvenirs ou d'images me persécutant. Sainte médecine. Le téléphone m'a sorti de ma transe, ça sonnait sans relâche sur la table de chevet. Ma main s'est saisie du combiné, j'ai décroché.

À l'autre bout de la ligne, Carine appelait catastrophée, elle voulait savoir si ma mère était rentrée. Il m'a fallu un temps pour retrouver mes esprits. Comment ça, rentrée ? Elles n'étaient pas sorties ensemble ? J'ai inspecté les chambres, la cuisine et le séjour, pas de Maria Amélia. Ma cousine s'est effondrée, elle sanglotait hystériquement. Une descente de police avait démantelé le loto clandestin de la rue Pompeo Loureiro, là où ma mère et elle s'étaient cloîtrées dans l'après-midi. Comme à leur habitude, les forces de l'ordre avaient relâché les personnes âgées et arrêté les autres, dont ma cousine. Malgré les suppliques, Maria Amélia avait été jetée à la rue. Elle avait l'air perdue. Carine appelait d'un commissariat de Copacabana, elle ne serait ni interrogée ni libérée de sitôt. Sa crainte que ma mère ne se souvienne pas du chemin du retour se confirmait. Et je me répétais : Cours, Mario, cours, elle ne doit pas être loin !

Tante Neusa m'a serré dans ses bras comme un fils. Compte sur moi, Mario, moi et Marcelo ; Carine, tu sais, aimait beaucoup Amélia. Grâce aux gens de notre quartier, ma mère a eu l'honneur d'une messe le jour même de son enterrement. Moi qui ne suis pas croyant, j'ai remercié l'attention. Les religions sont faites pour ça. Le cercueil venait de passer sur la rampe du crématorium. C'était idiot de ma part d'avoir refusé d'être père. Aujourd'hui, je serais peut-être grand-père et j'aurais quelqu'un pour me consoler. Les familles sont faites pour ça. Je peux venir avec vous, tante ? Je ne peux pas me retrouver seul chez moi.

En traversant le tunnel, le remords d'avoir perdu mon temps entre morgues et hôpitaux m'a anéanti. J'aurais dû prévoir que, sans hésiter, Maria Amélia irait tout droit se jeter à la mer. D'ailleurs l'endroit choisi était le même. J'aurais dû me précipiter vers la plage, en face de la rue Miguel Lemos, là où les courants creusent un fossé trompeur. Trop tard. Tante Neusa a noté mon affliction, elle a pris ma main dans les siennes et a répété qu'elle était là pour m'aider.

J'ai grimpé l'escalier qui faisait le tour du bâtiment de trois étages, les marches irrégulières rendaient l'ascension difficile, même pour les jambes d'un adulte. Les rats du ruisseau fétide, le beurre fondu sur la table de la cuisine. Ma grand-mère dans la pénombre de l'ancien bureau. Tante Neusa a tenu à mettre la nappe de dentelle. Nous nous sommes assis, comme dans mon enfance, Marcelo mâchait la bouche ouverte. Ce qui naguère me dégoûtait chassait maintenant ma tristesse. Sa langue faisait tourner la nourriture entre ses dents, un tic reconnaissable, familier. Carine a mangé tranquillement, elle aussi souffrait, elle regrettait d'avoir emmené Maria Amélia au loto, de ne pas avoir empêché les policiers de la livrer à la rue. Dieu choisit l'heure, a dit sagement tante Neusa en percevant le sentiment de culpabilité de sa fille. Nous avons opiné à la maxime, même sans y croire. Ça devait se passer comme ça, a-t-elle conclu, tu vois ta grand-mère ? Nous nous sommes tournés vers la fente sombre où la vieille divaguait entre ses mondes. Dieu est un vieux satyre, me suis-je dit. Un fils de pute qui foudroie mon père au comble de ma joie et emporte Maria Amélia quand j'avais encore besoin d'elle. Si le misérable avait été juste, il aurait arraché ma grand-mère à cette chambre depuis longtemps, au lieu de la laisser si désemparée.

Nous avons regardé le journal sur le canapé revêtu de plastique. Carine a servi un flan aux œufs. Entre deux mauvaises nouvelles, la publicité de Noble a éclaté à l'écran. Ma tante, dans un sourire discret, a poussé un *aïe* : Mario, je ne supporte pas de te voir là-dedans ! Son petit-fils, Matias, a regardé la télé, puis moi, et il s'est mis à rire d'un rire humiliant. L'absence de censure chez le petit a eu un effet contagieux sur les adultes et j'ai fini par l'accepter.

C'est ridicule, je sais, ai-je dit, surpris par l'irruption comique. La conversation a roulé sur ma carrière. Tous ont avoué qu'ils étaient fans du feuilleton biblique, ils avaient adoré la collision du météore. C'était très bien fait, s'est exclamé Marcelo, comme s'il pouvait trier le bon grain de l'ivraie en la matière, et ça me faisait du bien de me sentir encore partie intégrante de l'imaginaire de notre bon vieux quartier de Tijuca. Tante Neusa m'a proposé de rester dormir, elle s'installerait dans le salon, j'aurais la chambre... J'ai refusé, je l'ai remerciée pour tout et lui ai baisé les mains.

Carine devait reprendre ses affaires, revenir à l'éternel bâtiment ; moi, je me déferais des affaires de ma mère, et devrais m'habituer au vide. Nous avons convenu de nous reparler pendant la semaine, pour les détails. Je suis parti tard, j'ai pris un taxi sur la place déserte de Saens Peña, il n'y avait pas de match, et j'ai traversé le tunnel sans un mot. Jamais je n'aurais pensé que ma mère me manquerait autant.

Je me suis assis dans le fauteuil du séjour, dans le noir, et suis resté un moment sans bouger. C'est là que la bouteille de whisky m'a regardé, aguicheuse, sur l'étagère. Ça m'aidera peut-être. Et j'ai fait ce que je n'aurais pas dû faire : j'ai bu. Trop. Sans perspective, mon ambition d'acteur réduite à une série de rôles bibliques sur une chaîne évangélique, l'absence d'amour, d'une femme, d'une mère et d'un père, en bout de course, je me suis noyé dans mon verre.

J'ai recommencé le lendemain, et le suivant, puis l'autre, et l'autre encore.

Les semaines se sont écoulées dans l'ivresse de la première cuite, sans que personne le remarque ou dise : Ça suffit. Ma barbe a poussé, mes cheveux, je ne me douchais plus que rarement. J'ai réduit la venue de la femme de ménage à une fois par semaine, je ne voulais pas de témoin. Je me promenais nu dans l'appartement, je regardais les dessins animés, riais du Pic-Vert adapté de Monteiro Lobato, et je m'affalais brutalement là où mes jambes parvenaient à me porter. J'ai cru que ça faisait partie du deuil, que ça passerait, mais non.

Trois mois après la mort de Maria Amélia, ma cousine est enfin réapparue. Elle avait appelé pour annoncer qu'elle passerait, mais je ne retenais plus rien. Toujours en possession des clés, elle a ouvert la porte sans crier gare, m'a appelé, mais aucune réponse n'est venue. Je me rappelle avoir entendu un cri et être aussitôt revenu à ma léthargie habituelle. C'était elle, sous le choc. Quand elle m'a trouvé nu, étendu dans le couloir, elle a cru voir un cadavre et, affolée, elle a appelé sa mère. Elles m'ont fait prendre un bain froid en dépit de mes protestations. Carine me surveillait pendant que sa mère recueillait les restes de nourriture sur les meubles, mettait mon linge sale dans le bac, jetait à la poubelle ce qui avait pourri dans le frigo, faisait mon lit et le ménage. Si j'avais encore eu deux neurones, j'aurais peut-être remplacé Maria Amélia. Mais non, je ne supportais pas de vivre avec quelqu'un. Tante Neusa a préparé un bouillon, j'ai porté la cuillère à ma bouche comme un enfant perdu et j'ai écouté patiemment son discours pour me remotiver. Un homme jeune, célèbre... des clichés insupportables. J'ai fait semblant d'écouter, je comptais les minutes pour me débarrasser d'elles. Tante Neusa m'a dit au revoir en menaçant de revenir et elle a demandé à sa fille de passer régulièrement pour vérifier mon état. J'ai fait le neveu docile, je les ai mises dans l'ascenseur et suis revenu à grand-peine jusqu'à ma porte. La nuit précédente, je m'étais foulé le pied sans m'en rendre compte, ma cheville avait enflé. Je boitais et, travers du métier, j'ai commencé à imiter un Long John Silver de pacotille, en entonnant le refrain de la bouteille de rhum. Je me suis dit que j'étais plus proche de Jambe-de-bois, le méchant de *Pluft, le fantôme*, un autre pochetron sans scrupules. On se trouve toujours un personnage, même dans le théâtre pour enfants. L'humour a vite déchanté quand j'ai découvert que tante Neusa avait vidé tout le whisky et aligné les bouteilles dans le couloir pour preuve du crime. En trébuchant sur elles, j'ai failli les faire tomber toutes, j'ai remis la main sur mon portefeuille et suis descendu.

Non content de m'être soûlé au bar du coin, j'ai décidé de jouer les prolongations. Une femme édentée m'a rappelé les grues de Lapa, celles avec qui Raquel avait appris à être Neusa, Sueli, le maléfice qui avait enterré mon Elena. Elle me manquait. J'ai versé des pleurs sur la Russe en racontant l'histoire d'*Oncle Vania* à la pocharde du bistro.

À Lapa ! ai-je ordonné au taxi. Je voulais m'assurer que le lupanar moisi avait tenu le coup. J'y choisirais une Neusa quelconque, entrerais au Vip's et me jetterais par la fenêtre. J'irais rejoindre Raquel dans l'au-delà. Vaste projet. Le chauffeur m'a demandé plus de précision, ça m'a excédé. Lapa, c'est Lapa, putain, ai-je répondu en haussant le ton, c'est au troisième étage, une grande maison avec des escaliers ! L'homme a roulé sans discuter. À la cinquième tentative pour se débarrasser de son passager bourré, il m'a laissé dans un bordel un peu à l'écart, sur la côte de Santa Tereza. Je voulais qu'il remonte le temps, j'ai insisté, je veux retourner au vieux bordel, ou dans la chambre de l'hôtel borgne, où Raquel avait sucé la bite du misérable. Je casserais la gueule au péquenaud, je la ramènerais chez moi et veillerais sur elle pour toujours. C'est Neusa qui a tué Raquel ! Je devenais grandiloquent, le chauffeur de taxi m'avait à l'œil. Y a pas un rôle qui vaille ! Ces auteurs… des névrosés ! Je criais comme à l'opéra, et j'ai saisi le volant, sûr que j'allais trouver moi-même l'endroit. Le gars a perdu patience, il a fait quelques mètres et a freiné, en menaçant de s'arrêter à un poste de police si je refusais de descendre. J'ai balbutié un *Incompétent* inaudible et jeté un billet de cinquante sur la banquette. J'ai claqué la portière, me suis emmêlé les pinceaux et me suis retrouvé par terre. La voiture est repartie en crissant. Tout sentait le cloaque. Je suis entré dans le local, j'ai commandé un double scotch et exigé de parler au gérant. Une dame vulgairement maquillée est apparue, escortée d'une armoire à glace, on sentait en elle l'autorité. Je l'ai informée que je voulais parler à Raquel, faites-la descendre, dites-lui que Mario est ici, Cardoso, Mario Cardoso, l'acteur, son ami. La maquerelle a prétendu ne pas connaître de Raquel, mais m'a proposé une gamme de Shirley pour résoudre le problème. Quatre filles sont arrivées groupées, portable au poing, elles ont pris des selfies. J'ai pété un câble. J'ai poussé le garde du corps sur les sangsues et suis entré dans le couloir en ouvrant les portes et en criant le nom de la défunte. J'ai surpris des gens à quatre pattes, dans la position du missionnaire, le cul relevé… Un vacarme absurde, sans raison d'être aucune. On m'a rendu au caniveau où j'étais quinze minutes plus tôt.

J'ai commencé à écouter les bruits de la ville, les oiseaux de nuit, les aboiements de chiens, les rares voitures qui gravissaient la ruelle immonde. Il en reste un, ai-je pensé.

Gomes. L'éternel Gomes, le fraternel Gomes, le conseiller Gomes. Je devais mettre la main dessus. Ensemble nous allions redessiner l'avenir, retirer de la programmation la pub pour le PQ, je renoncerais aux intrigues bibliques et reviendrais sur scène avec *Macbeth*. *Macbeth*, pas *Lear*. Fini les Stein, les décors, les poulets de rôtisserie. Plus de sponsor. Dieu et moi sur un même plateau.

Au petit matin, j'ai sonné au portail de l'immeuble de la rue General Glicério, c'est là où créchait Gomes depuis toujours. Je suis arrivé euphorique, le gardien dormait. J'ai tapé dans mes mains, fait sonner mes clés sur la grille pour le réveiller, j'ai hurlé dans l'interphone. Mario Cardoso ! Gomes est au courant ! Le garçon a répondu, méfiant, je pouvais voir ses expressions par la vitre.

Gomes m'a reçu à la fois somnolent et appréhensif, les joues et le pyjama fripés. T'as du whisky ? Il ne buvait pas, j'ai accepté un verre d'eau, que j'ai avalé d'une traite. J'ai râlé, il faisait noir, j'ai allumé la lampe sans demander la permission et j'ai commencé mon discours.

Je déblatérais sans m'arrêter, debout, déambulant parmi les meubles. C'était un aménagement de bric et de broc, sobre et kitsch, années 80. Gomes est resté près de la porte, immobile. J'allais envoyer balader Noble, la chaîne évangélique, je débuterais les répétitions de *Macbeth* dans la semaine, sans metteur en scène, j'avais assez d'expérience pour ça ; je trouverais un théâtre à São Paulo, y louerais un petit appartement. Trois, quatre mois de préparation, peu importe, on commencera quand ce sera prêt. Gomes restait impassible. J'ai terminé mon exposé sidéré, t'es sûr que t'as pas un whisky ? J'étais abstinent depuis plus d'une heure. Mario..., a-t-il balbutié, le visage amorphe. Il n'avait donc rien écouté ? Constatant la crise, Gomes pesait ses mots. Il m'a conseillé de me reposer, nous discuterions de tout ça demain, quand j'aurais dessoûlé. Il n'y a rien qui révolte plus un ivrogne que de l'accuser d'avoir trop bu. Je suis sobre ! ai-je répliqué fermement, je revenais sur le PQ, la Bible, fini tout ça, il n'y a plus que *Macbeth*, mon *Macbeth* à moi. Bien sûr, Mario, demain, au bureau... Quoi, le bureau, Gomes ?! Et je me suis assis pour faire des calculs : les costumes, la lumière, une lumière de qualité, y avait un jeune gars à Curitiba, ça ferait combien le billet d'avion ? Mario..., répéta-t-il. J'ai regardé Gomes, sa lassitude, son silence. Les montagnes russes de l'alcool entamaient la descente. Je l'ai supplié d'être attentif. Gomes s'est assis, patient, il m'a pris la main comme un père, m'a dit qu'il comprenait ma douleur, la mort de Maria Amélia, ma crise professionnelle. Il a continué : On rebondit, du fond d'un puits, et il m'a proposé de dormir chez lui. Dormir ? Qui avait sommeil ? Moi, Mario, il est quatre heures vingt du matin. L'absence d'initiative de Gomes, sa réticence à discuter de mes projets de rédemption, ce décor étouffant ; pas question que je m'arrête, pas maintenant que j'avais trouvé la sortie. Je me suis levé énergiquement, la chaise est tombée, il a essayé de me calmer, répétait son Mario, Mario... Mario, quoi ? Mario qui ? Je l'ai repoussé violemment. Gomes a essayé de m'entraîner vers la chambre d'amis. Je marchais à reculons, lui avançait, ses bras m'enlaçaient comme une pieuvre. Je n'ai pas besoin de toi, pour rien, ai-je crié. Et j'ai menacé de le planter, de me passer de ses services, c'était lui qui m'avait présenté Mota, lui qui avait camouflé les combines du dessous-de-table et vendu ma tête pour ce putain de PQ. Je lui ai raconté les gamins sur la plage, l'humiliation après cette pub indécente. Je l'ai menacé, j'allais dénoncer ces crasses publiquement, mais la réponse était invariablement : Mario… Mario… Mario… Possédé, j'ai levé un poing vengeur, Gomes n'en revenait pas, et pour ne pas lui coller directement ma main sur sa figure, j'ai attrapé un lion chinois de porcelaine sur l'étagère et j'ai jeté l'animal à terre pour le fracasser. Le comptable m'a ordonné de partir, il allait appeler la police. J'ai ri en disant que je sortirais, mais pas avant d'avoir bu mon whisky. Où tu caches cette bouteille ? Et je me suis mis à ouvrir les placards, en balançant tout ce que je trouvais. Gomes a perdu patience et m'a attrapé par le cou. Nous avons tournoyé, lui m'entraînait vers la porte, moi je faisais contrepoids vers la fenêtre. Je me suis agrippé au rideau, il a esquissé un crochet mal appliqué, la tringle n'a pas résisté, le rideau a dégringolé. Accrochés l'un à l'autre, nous avons été déséquilibrés, je me suis retenu à la partie vitrée, mais Gomes, l'immense Gomes, a glissé sur le velours chenillé et n'a rien trouvé pour l'arrêter que le vide. Une jambe, puis l'autre ont basculé, amorçant une galipette. Son bras a lâché mon cou, j'ai tourné la tête et ai été témoin d'un miracle gravitationnel. Le pyjama rayé a tracé un arc dans les airs, le corps d'athlète a franchi l'encadrement, les reins se sont envolés vers l'abîme. J'ai essayé de le retenir par le pantalon, ses pantoufles, mais tout effort pour empêcher le drame était vain. Je l'ai entendu crier, un long lamento s'éloignant, puis un bruit sec sur le sol.

Un chien a aboyé, une alarme de voiture s'est déclenchée, voilà tout.

Qu'il était bon de mourir, et de tuer. Une balle à blanc dans le dos, on se cambre, on simule le choc ; la poche de sang éclate entre les dents, le liquide rouge coule de la bouche, on titube et tombe dans un dernier soupir. Garder les yeux ouverts exprimant la stupeur de la dernière heure. Renato Brandão s'est jeté du pont de Londres, sous le regard de l'héroïne, dans la version ratée pour prime time de *Vertigo*. C'était bon. Très bon. Mais rien n'égalait le plaisir d'empoigner un revolver et d'appuyer sur la gâchette. Pan ! Pan ! Pan ! Fin de l'épisode. Augusto Reis, le super-méchant, a tiré cinq fois dans le feuilleton *La Rançon*. Le contremaître José Dias a attaché la métisse au tronc de l'arbre et l'a battue jusqu'au sang. Qu'il était bon de faire le mal, d'être vil, d'assassiner, de tuer, de mourir, et après, de ressusciter. Mais maintenant il n'y avait nulle raison de se réjouir, non plus qu'après. Je suis resté immobile, les doigts accrochés à la fenêtre, attendant que Gomes m'appelle d'en bas, que le réalisateur crie : C'est bon !, que quelqu'un me félicite pour la scène, comme ça avait toujours été le cas. Non.

À contrecœur, j'ai tendu le cou dehors et j'ai regardé.

Gomes gisait sur le ventre, les jambes de travers. La mare de sang se répandait sous son corps inerte. Le garage désert de l'immeuble ancien de Laranjeiras.

DEUXIÈME PARTIE

Imagination morte imaginez

BECKETT

Pendant des mois, Mario fit l'expérience de l'absence. Le vide qui l'avait envahi ce matin-là, à la fenêtre. Lui n'avait pas bougé, ses doigts raides étaient restés collés à la vitre, la police ne tarda pas à arriver. Il monta sans un mot dans le fourgon et fut conduit au poste. Il ne comprit pas ce que lui disait l'avocat, ne réagit pas non plus à la condamnation. Le gardien confirma l'ébriété et les voisins avaient entendu la bagarre. Le juge conclut que Gomes avait été poussé. Quinze ans. Mario écouta sans mot dire le sermon du directeur de la prison, sans rien comprendre de ses paroles, et traversa mécaniquement la longue galerie menant à sa cellule. Il franchit le passage, entre les cloisons de béton de l'immense geôle, et s'installa sur la fine paillasse, à même le sol, entre deux lits superposés. Il n'y avait pas de place pour tout le monde. Cent condamnés l'accueillirent, alignés comme dans une caserne, les mains derrière le dos et les yeux baissés. Alors qu'il passait devant cette haie de visages bruns, Mario ne décolla pas ses yeux du sol, sans intérêt pour ce qu'il y avait autour. L'odeur âcre ne le perturba pas. Il n'était pas là. Il divaguait entre les mondes, comme sa grand-mère à Tijuca. Il ne souffrait pas, il était absent. Sa tête, perdue dans l'enchaînement des événements, avait renoncé à la logique.

Informé de la fragilité du pensionnaire, le directeur le logea dans la cellule D-7, l'aile évangélique, la plus propre. Dieu aide dans le besoin. Le mur extérieur, au contraire de l'enduit crasseux de la première moitié de la galerie, était décoré d'extraits de la Bible. Des peintures simples, aux couleurs naïves, imitaient le style des salons de coiffure de campagne. Elles illustraient des scènes de l'Ancien et du Nouveau Testament : le sermon des oliviers, le Christ en croix et la Cène ; Moïse et la mer Rouge, Daniel dans la fosse aux lions. Mais c'est le dernier dessin, juste à côté des barreaux de la D-7, qui éveilla l'attention de Mario. Sodome en flammes après l'impact du météore. Sodome. La scène qu'il avait tournée dans une plaine de Jacarepaguá, il y avait de cela des millénaires. Un vague souvenir. Au premier plan, Loth, ses filles et la statue de la mère-épouse transformée en sel. Loth. Mario reconnut ses traits. Les siens. C'était lui. En turban et barbichette. Les prisonniers, des dévots de la chaîne évangélique, avaient suivi *Sodome* sur les deux petits postes accrochés l'un au-dessus de la grille de l'entrée, l'autre au-dessus de l'ouverture qui menait aux toilettes, tout au bout.

Comme Mario n'ouvrait pas la bouche, les autres le baptisèrent Loth. Ainsi le désignaient-ils. Loth se réveillait, Loth dormait ; Loth était gentil et discret. Il ne jouait pas au ballon, ne lisait pas, ne priait pas. Il mangeait peu et se retirait dans un coin pendant les bains de soleil. Mario, pour sa part, nouait des dialogues déroutants, des querelles et des joutes, des soliloques intenses entre les murs de son cerveau. Mario était Lear, Vado et Renato Brandão. Argan et José Dias. Augusto Reis, Vicente et Riobaldo. Il chevauchait à travers le Minas, insultait la putain ou se jetait du pont de Londres, où il était allé un jour en mission. Ce qui précédait ou venait après, l'ordre même des faits, lui restait un mystère. Rien au-delà, seulement le désordre du passé. Des vagues puissantes venaient heurter les os de son crâne, en une migraine sans fin. Parfois, il se souvenait de son père ou pensait avoir eu une sœur. Il se rappelait sa mère, sur une plage, mais il tarda à comprendre pourquoi.

Tante Neusa traînait Carine aux visites. Sa fille détestait la sortie, elle avait une peur panique du périmètre claquemuré entre la colline de Mangueira et le zoo de la Quinta, là où Mario existait, ou presque. La tante lui fournissait du savon contre la gale, des antalgiques et des anxiolytiques. Sans ressources pour soigner les prisonniers, l'État avait autorisé les familles à apporter des médicaments. Outre les remèdes, Neusa approvisionnait son neveu en biscuits et cigarettes. Mario avait tout oublié sauf la nicotine. Le dimanche, dans le métro, au retour de la prison, la tante pleurait. Avant de rentrer chez elle, elle allait à l'église voisine prier pour son neveu. Lors du premier été, elle prit le ventilateur de la maison et le lui donna. Mario la recevait de façon neutre, sans colère ni affection. Je crois qu'il a perdu la tête, commentait Neusa avec son fils Marcelo, mais elle continuait ses visites. C'est pour Jorge et Amélia, disait-elle, c'est pour eux que je m'occupe de Mario.

Jackson suivit le drame de son ami par les journaux, et lui aussi se manifesta. La première fois, il lui apporta un lot de briquets, qu'on lui confisqua à l'entrée. Jamais on ne les rendit. Mario, sacré fils de pute, dit-il en voyant ce fantôme, quelle merde t'as été commettre ? Mais Mario ne répondit pas. Il regardait dans le vide et serrait fortement son camarade à chaque séparation.

Greta Garbo s'éprit de l'acteur. C'était une de ses admiratrices, avant même de le connaître. Elle décida de l'adopter. Elle était la seule à l'appeler Mario, Mario Cardoso, elle insistait auprès des autres, c'est l'artiste ! Greta avait été transférée à l'aile évangélique après un désaccord à la C-4. Menacée, elle feignit de se convertir, mais dut renoncer à son nom de guerre. Elle ne supportait pas son prénom de baptême, Anderson, alors elle se battit pour celui de Mario, et non Loth. Avec la permission du Pasteur, Greta traîna le matelas de l'idole au pied de son lit et l'y installa comme un chien domestique. Le Pasteur commandait dans la D-7, il y maintenait la paix de Dieu. Ainsi protégé, il comprit vite l'avantage d'endosser le rôle de leader religieux. Sa mère lui avait appris à prier, il avait fréquenté le collège et lisait la Bible avec aisance. Le secteur évangélique sentait bon et était sûr. Le Pasteur avait ses ennemis. À l'aube, il lisait à haute voix de courts versets de Matthieu, Marc, Jean et Luc ; puis il s'occupait de ses magouilles. Ancien petit caïd du trafic, il avait naguère livré l'une de ses têtes à la police de Jacarepaguá, dans une lutte pour le leadership. L'ayant identifié comme indic, le commandement de sa faction l'avait condamné à mort. Il en mitrailla trois dans sa fuite et finit à découvert dans cette prison sans maître, où s'entassait la lie du crime. Violeurs, assassins, braqueurs, pédophiles et trafiquants comptaient les jours avant leur libération conditionnelle. Certains ne sortiraient jamais. D'autres sortiraient pour revenir aussitôt. La prison était le mode de vie de ces bas-fonds oubliés. Deux mille cinq cents hommes gardés par six surveillants freluquets, empilés dans un bâtiment fait pour mille et quelques. La lie de la lie, d'un pays sans égouts.

Greta, elle, avait planté un couteau dans le cœur d'un client. Un sergent de l'armée. Il était mort dans son sommeil. Ce connard m'avait menacé avec un revolver, assurait-elle. Elle aimait répéter son histoire à un Mario indifférent, en lui montrant la copie de son passeport, et les tampons de tous les pays par où elle était passée. L'Italie, la France, l'Espagne ; Rome, Ibiza et Marseille. Parfois, elle lui mettait du rouge à lèvres quand elle le trouvait trop pâle. Mario ne s'en formalisait pas. Il vivait bien ce statut d'animal de compagnie de l'ancien travesti.

Six mois s'étaient écoulés des cent quatre-vingts de la peine, quand Greta l'amena devant la télévision. Le feuilleton va commencer, annonça-t-elle en fête. Il obéit, se leva pour regarder le poste, adossé à un lit. Il reconnut Lineu, toujours dans la peau d'Abraham, en train de gravir une colline un enfant à la main. La voix tonitruante de Dieu retentit : Prends maintenant ton fils, ton fils unique, Isaac, et offre-le en sacrifice sur la montagne que je t'indiquerai. Mario ne prêta pas attention à la voix divine, mais à la figure de son camarade. Il désigna l'écran et s'avança, il voulait voir Lineu de près. Greta s'en étonna, c'était la première fois qu'elle le voyait réagir.

Elle courut lui ouvrir le chemin, en heurtant les autres au passage avec indifférence. Mario s'approcha de l'image comme touché par une vision. Où est l'agneau ? demanda l'acteur enfant. Le père ne répondait pas. Mario fixa Lineu, sa machette dressée, le visage douloureux et déterminé. Dieu résonna en off pour empêcher l'infanticide ; Lineu pleura et Mario applaudit, en larmes. Greta vint le soutenir. Cette nuit-là, Mario rêva de Lineu : il portait une couche, Gloucester dormait dans le lit du travesti. Il devint un spectateur assidu du feuilleton qu'il aurait dû tourner.

La mort d'Abraham, au trentième épisode, marqua un tournant important dans l'humeur de Mario. Quand il vit les yeux de Lineu se fermer, il comprit qu'il ne le verrait plus. Il déprima. Lineu, jamais plus Lineu. Il souhaita le revoir. Et il manifesta, avec difficulté, le désir d'aller à l'école où il y avait stylo et papier. Il voulait écrire un billet. Greta s'investit de la mission et demanda à un des détenus faisant le ménage, et donc autorisé à circuler dans la prison, de transmettre le message à l'enseignant bénévole. Amené dans la petite salle, entre la galerie et le secteur administratif, Mario s'assit devant la feuille, qui ne lui inspira que de la perplexité. Il rendit la page blanche au professeur et revint dans sa cellule. Plus indifférent, il continua malgré tout à assister au feuilleton. À l'heure des sorties dans la cour, si le professeur était là, il allait à l'école et se remettait à observer le papier sans parvenir à surmonter son blocage.

Mario recouvrait la raison peu à peu. Maintenant, il échangeait de courtes phrases avec Greta et la remerciait pour ses attentions quand elle veillait sur sa nourriture ou le défendait d'un autre détenu. Un jour, après une nouvelle tentative avortée d'esquisser son brouillon, il se risqua à entrer dans la bibliothèque, voisine de l'école. Les étagères à moitié vides exhibaient quelques rares volumes, principalement des livres de développement personnel ou des ouvrages sur la religion. Il n'y avait ni Machado de Assis, ni Graciliano Ramos, ni Shakespeare ; il n'y avait ni Nelson Rodrigues, ni Drummond de Andrade, ni Jorge Amado, il n'y avait personne dans ce désert de lettres. Mario fut saisi d'une nostalgie pour les livres, une réalité dont il avait oublié l'existence. De nuit, il se mit à remarquer l'agitation autour de lui. Le Pasteur, entouré de compères, exhumait un portable caché dans le mur et passait des appels clandestins. L'un proférait des menaces, l'autre chuchotait, comme dans un enlèvement. Le Pasteur négociait les rançons. Ils jouissaient de l'aide de complices libérés, qui recevaient les sommes versées par les caves et les partageaient avec ceux qui étaient toujours enfermés. Il ne lui fut pas simple de réaliser sa propre tragédie. Avec cette prise de conscience, la peur lui vint. Mario trouva sa peau étrangement blanche. Ils n'étaient pas nombreux comme lui. C'était une chose qu'il n'avait jamais ressentie dans les cercles qu'il fréquentait du temps où il était Mario. Greta, blanche et féminine, était plus forte que lui. Il se sentit fragile, eut envie de revenir à son ancienne léthargie, mais il était déjà trop tard pour cela.

Il sortit des limbes desquels il était prisonnier en voyant le cinquantième épisode du feuilleton évangélique. Laban, le futur beau-père de Jacob, lui-même fils d'Isaac, fit irruption dans l'intrigue. C'était le rôle que Mario aurait interprété sans sa démence. Coincé au milieu des codétenus, il découvrit l'acteur médiocre, toujours en turban et barbiche, qui avait pris sa place. Ce clone outrecuidant et ordinaire du vieux Mario se contorsionnait en grimaces, tandis que lui, Mario, demeurait dans son sarcophage. Jalousie, nostalgie, révolte, qui sait ? Mario fit demi-tour et s'allongea dans la fosse qui lui revenait. Il y avait des lustres qu'il n'avait pas éprouvé ce sentiment de colère. Ce fut bon et mauvais à la fois. Le ressentiment avait ressuscité Lazare. *Sept ans berger, Jacob servit Laban, père de Rachel, la belle des montagnes.* Camões. Les vers que sa mère aimait réciter à voix haute, pour le simple plaisir des rimes. Laban, Camões, Maria Amélia. Il voulut que sa vie d'avant lui soit rendue. Il pleura sa mère, il comprit pourquoi il l'associait à la plage. Il songea à se suicider, mais il n'en avait pas le courage. Il sanglota en silence. Il passa une nuit blanche, comptait les ventilateurs, les fuites, les trous dans le plafond ; il ferma les yeux, tenta de se calmer, en vain. C'est alors que, soudain, une phrase lui vint, nette, claire dans son propos. Une phrase non, une sentence. Une sentence. Le début de ce qu'il aimerait dire à Lineu.

Agité, il attendit le jour où le professeur venait à la prison, il craignait que l'élan ne retombe. Il s'assit en hâte et se délivra de la ligne. *C'est arrivé comme ça, d'un coup*, écrivit-il. Il s'arrêta. Lut et relut. Il continua. *Soufflez, vents. Je hurlais en pleine tempête malgré ma voix cassée depuis la première.* La tragédie de Lear. La sienne. La haine qu'il avait nourrie contre Stein, le fou rire, les critiques, le mépris pour les lamentations de Lineu dans la loge. Il fut honnête. Il poursuivit telle une machine, son écriture diminuait pour utiliser au mieux toute la page. Appelé pour le décompte des prisonniers, il tarda à se lever. Fait nouveau, il s'irrita contre le garde et reçut un avertissement du Pasteur. Il fut à nouveau pris d'étouffements cette nuit-là, particulièrement lourde. Il eut une crise d'angoisse, arpenta l'allée entre les lits, traita sèchement Greta et plus jamais il ne regarda la télévision.

Il demanda du papier à sa tante, beaucoup, quelques ramettes si possible. Et un crayon. Du papier et un crayon, ainsi que des cigarettes. Il arrêta l'anxiolytique, voulait rester alerte. Elle obéit sans savoir si elle devait se réjouir ou non de la transformation. Je crois qu'il va plus mal, dit Carine dans le métro, sur le chemin du retour.

L'usage d'objets perforants n'était pas autorisé en prison. Crayons et stylos compris. Mario dut se contrôler. Il consacrait d'innombrables heures à projeter ce qu'il allait écrire. Il ne s'adressait plus à Lineu, mais à lui-même. Il se plaignit de rester à ne rien faire, il voulait écrire. Il protestait à hauts cris à travers les barreaux au nom de la liberté d'expression. Le Pasteur lui dit d'arrêter son cirque et promit de l'aider, en échange d'une faveur. Parole d'homme, dit-il en scellant le pacte. La nuit, quand il ôta le portable du mur et se réunit avec sa bande, il fit venir Loth. Mario vint, bien disposé, escorté de Greta. Le gang composa un numéro, et l'un d'eux, un jeune, la jambe souffrant d'érysipèle, se mit à gémir comme dans un enlèvement. Le correspondant raccrocha à l'autre bout de la ligne. Le garçon manquait de talent. Le Pasteur répéta l'opération et remit le téléphone à Mario. Il n'avait pas joué depuis longtemps, il était ému. Appliqué, il improvisa la terreur, des lamentations contenues, en demandant de verser ce qui avait été exigé, sans marchander, car il risquait sa vie. Il se mit à pleurer avec conviction. La reddition négociée, le Pasteur raccrocha satisfait. Mario gagna le droit de passer ses après-midi à l'école, tout en réitérant son numéro au téléphone, au milieu de la nuit.

Il remit son écrit à sa tante. Dix mois d'effort. Elle comprit sa mission. Sur l'enveloppe, le nom de Lineu Castro, écrit dans une calligraphie soignée et penchée. Neusa se rendit au studio, attendit dans le hall que l'acteur paraisse, mais Abraham était mort depuis belle lurette dans le feuilleton. Mario s'énervait, elle lui demandait un peu de patience, elle ne savait pas comment trouver l'individu. C'est Carine qui découvrit Lineu par hasard dans l'annonce d'une pièce, au moment des spots publicitaires de l'émission matinale. Il était à l'affiche en centre-ville, avec *Le jour où on a kidnappé le pape*. La mère et la fille prirent des billets pour un samedi soir et se rendirent au Ginástico assister à la comédie de João Bittencourt. Elles rirent à gorge déployée du taxi juif qui ramène le Saint-Père chez lui, et attendirent la sortie des acteurs. Au nom de Mario Cardoso, Lineu fronça les sourcils. Il voulut échapper aux deux femmes, mais eut pitié de la belle dame. L'affaire lui avait apporté de sérieux ennuis. L'enquête avait mené la police aux comptes de *Lear*, elle avait découvert le système des fausses factures, ce qui avait abouti à la condamnation de Mario. Milena et Mota furent mis en examen et les acteurs impliqués dans le drame. Paulo, le jeune premier qui avait frappé Mario à l'hôtel, fit des déclarations indignées dans la presse, il était certain que Gomes avait été poussé. Tout comme Lineu. Lui dépensa plus qu'il n'avait dans un avocat capable de le guider dans sa déposition et avait gardé un mauvais souvenir de la catastrophe. Il voulait se tenir à distance, mais le cœur faible, il ne put ignorer les appels de Neusa. Elle lui remit le paquet, Lineu y jeta un œil en silence et promit de le lire, un peu à contrecœur. Il s'acquitta de son serment le soir même. Il rentra tard chez lui, prépara du café, s'assit à sa table et lut patiemment la première des cent dix-sept pages, numérotées au stylo en haut à droite. Mario se rappelait leur proximité dans la loge, sa jalousie à l'encontre d'Arlindo et le fou rire qui l'avait pris dans *Lear*. La suite était claire, jusqu'au *haloo haloo loo loo*, et les couches de Paulo. Soudain, cependant, dans une mise en pages soignée imitant la couverture d'un livre, le récit s'interrompait par le titre :

LE ROI LEAR
de Mario Cardoso

Non sans un frisson, Lineu reprit sa lecture. Il n'y était plus question de souvenirs. Mario avait récrit la pièce de fond en comble, telle qu'il l'avait gardée en mémoire. Acte I, scène I, le monarque partage le royaume entre ses filles ; acte I, scène II, Edmundo complote contre son frère Edgar ; acte II, acte III, IV… Les propos du roi et certains dialogues, en particulier entre Lear et le Fou, réussissaient l'exploit d'être presque aussi précis que dans l'original. En outre, Mario inventait un drame parallèle, en rapportant parfois le sous-texte qui lui était venu à l'esprit pendant le spectacle ; parfois aussi, la dureté des critiques. Pour situer l'action, il décrivait avec dédain le décor de Stein, illustrant les costumes de petites caricatures, comme celle de Paulo dans ses couches. Et ce qui parut le plus insolite à Lineu : des griffonnages aléatoires de noms familiers, Raquel, Guria, Milena, Marta, Bento, d'abord en note de bas de page, puis en lieu et place des personnages. Lear était le premier à disparaître, pour faire place à Mario. Gloucester, dans la scène du précipice, se transformait en Lineu ; Amélia et Raquel alternaient dans la peau de Cordélia ; Régane devint Milena ; Marta, Goneril ; Kent, Guria ; et le Fou, Gomes. Gomes. La mention de la victime brisa le cœur du vieil acteur.

Dans un post-scriptum, une requête. Une requête. Comment la lui refuser ?

Lineu attendit dans la cour, au milieu des familles des prisonniers. Il organisa la visite avec Neusa et la tante trouva préférable de les laisser seuls. En le voyant, Mario s'approcha, hésitant, et s'excusa du dérangement. Son camarade le dévisagea, il cherchait des signes de démence, mais Mario paraissait serein. Ils tombèrent dans les bras l'un de l'autre. Ils parlèrent peu, sans converser vraiment, il n'y avait rien à dire. Lineu avait un livre sous le bras, une pièce de théâtre. *Macbeth.* C'était bien ça ? Oui, exactement, confirma Mario, ce que j'aurais dû monter au lieu de *Lear.* Avant de se dire au revoir, Lineu voulut savoir ce qu'il devait faire du manuscrit. Brûle-le, répondit le prisonnier, tu peux le brûler, j'y ai enterré un idiot.

Mario revint dans sa cellule, *Macbeth* entre les mains. Il avait tout le temps du monde. Les heures ne furent plus chargées d'angoisse. Le temps libre lui devenait utile.

Greta s'intéressa à la couverture noire, la photo de l'actrice, très blanche, des tresses et le regard hanté. Lady Macbeth. Est-ce un fantôme ? demanda-t-elle. C'est possible, dit Mario, cela commence avec trois sorcières. Quelle histoire ! ponctua Greta.

Mario décrivit l'intrigue, puis continua avec un bref historique de Shakespeare. Il résuma ses pièces principales et parla des à-côtés du théâtre anglais. Il raconta l'assassinat de Marlowe, le coup de couteau, comme celui du sergent de l'armée, son client à elle. Et il ajouta que les hommes jouaient les rôles de femmes, à l'âge d'or du barde. Phénoménal ! dit-elle. Et Mario lut la célèbre tirade à sa camarade.

Demain, et puis demain, et puis demain,
Se glisse à petits pas de jour en jour,
Jusqu'à l'ultime syllabe du registre du temps,
Et tous nos hiers ont éclairé pour des sots
Le chemin de la mort poussiéreuse. Éteins-toi, éteins-toi, courte flamme,
La vie n'est qu'une ombre en marche, un pauvre acteur,
Qui se pavane et se démène son heure durant sur la scène,

Et puis qu'on n'entend plus. C'est un récit
Conté par un idiot, plein de bruit et de fureur,
Et qui ne signifie rien.

Greta était admirative, bien qu'elle n'ait pas tout compris. Patiemment, Mario répéta la strophe. Il lui proposa de lire ensemble la scène deux de l'acte deux, où Macbeth revient dans la chambre du couple, après avoir assassiné le roi. Greta parvenait à peine à ânonner les syllabes, mais Mario insista. Écoute en silence les mots, avant de t'en débarrasser. Il allait continuer, mais il y renonça. C'était ce que Guria lui avait appris, du temps où il rêvait encore d'être acteur. *Solo en el teatro serás libre, Mario,* le dernier conseil du metteur en scène lui revint à l'esprit. Ils répétèrent la lecture de nombreuses fois, occupaient leurs jours à ce rituel jusqu'à parvenir à un résultat acceptable. Greta adorait Lady Macbeth avec la même intensité qu'elle détestait son mari. Les hommes faibles me terrifient, disait-elle.

L'école ne servait plus les objectifs de Mario, la salle de classe ne valait pour lui pas plus que le terrain de football. C'est dans la queue pour la cantine qu'il remarqua l'église, située au fond de la prison, après la longue enfilade de cellules. Les bancs de ciment, disposés en demi-cercle devant un petit plateau qui s'élevait à cinquante centimètres du sol. La croix de bois à l'arrière-plan et la chaire, au centre de la scène. La scène. Il vivait là depuis plus de deux ans et ne lui avait jamais prêté attention. Le soir, il proposa au Pasteur que Greta participe à leurs machinations. Une vie d'injections d'hormones lui avait affiné la voix. Elle pourrait se faire passer pour une femme, suggéra-t-il, ce qui décuplerait l'efficacité de l'escroquerie. Il était prêt à la former, mais en retour, il demandait au chef de convaincre le directeur de la prison de lui ouvrir l'église pour qu'il y dispense ses cours.

Il devint un enseignant zélé. Il apprit au travesti les notions de base de la relaxation, de la respiration, les exercices classiques comme celui de la petite graine. Il cultiva la mémoire émotionnelle, l'affleurement des traumatismes que Greta portait en lui à la pelle. Et il attaqua avec rigueur la scène où Lady Macbeth, devenue folle, tente de laver ses mains d'un sang imaginaire. Greta se révéla une élève consciencieuse, inclinant vers le mélodrame, mais aussi une mine d'or pour le gang des portables. Le Pasteur dispensa Mario de ses fonctions, à la condition qu'il prenne sous son aile un autre étudiant, Graveto, un jeune orphelin fragile, qui avait tiré sur un homme sans défense dans un braquage mortel. Sa voix d'enfant promettait des bénéfices certains. Mario gagna en prestige auprès de la clique.

Un matin comme les autres, le Pasteur se préparait pour son sermon du lever du jour, lorsque Mario nota chez lui de la lassitude. Il l'avait déjà remarqué, sa voix traînante et terne, le choix de versets de plus en plus courts, qu'il lisait sans intérêt, et conclus par un Notre Père expédié. Sa prière terminée, le Pasteur redevenait ce qu'il était : un vaurien d'expérience, convaincu que Dieu lui avait tourné le dos. Ce jour-là, Mario s'approcha avec précaution, il ne voulait pas gâcher l'occasion, et lui suggéra de troquer la Bible contre *Macbeth*. J'en ai de fait ma claque de cette cantilène, avoua le voyou, fais-moi voir cette merde. Mario lui montra la scène trois du quatrième acte, où Malcolm, le fils du roi Duncan, une victime de Macbeth, tente de persuader Macduff de prendre les armes contre l'usurpateur du trône. Habitué aux Écritures, le Pasteur n'eut aucune difficulté à comprendre le texte. Et il s'identifia au passage dans lequel Malcolm avoue sa vocation de despote.

Je pourrais décapiter les nobles pour avoir leurs terres,
Je voudrais les bijoux de l'un et la maison de l'autre,
Et avoir toujours plus serait comme une sauce
Qui me rendrait plus affamé ; je forgerais
Des querelles injustes contre les meilleurs et les plus loyaux,
Les détruisant pour avoir leurs biens.

Fichtre ! réagit le Pasteur, les gens vont siffler. Malcolm teste les intentions de l'héritier, expliqua Mario, il dit le contraire de ce qu'il pense. Le Pasteur connaissait le truc, il en vivait, mais en sens inverse, il demeurait impur, tout en feignant la chasteté. Il décida de prendre le risque, ça n'offense personne, pensa-t-il, satisfait d'échanger Canaan contre les terres barbares. Ils lurent la scène devant un parterre amorphe. La plupart ne comprirent pas, et les autres récitèrent un Notre Père. Mario admira la lecture très à l'aise du Pasteur. Tout ce qui manquait à son Lear, le sens de la royauté, du commandement, l'impiété, tout ce qu'il s'était efforcé d'atteindre, à quatre pattes, sur la moquette du bureau de l'orthophoniste de Copacabana, l'imposante figure du criminel le possédait, et plus encore. Rio est une ville médiévale, pensa-t-il, divisée en misérables royaumes. Rocinha, Maré et Jacaré ne diffèrent pas de Leicester, Kent et de la Cornouailles. Les relations de trahison et de pouvoir, si cruciales chez Shakespeare, les provinces et les duchés, les combats à mort devinrent crédibles dans la voix de l'ancien trafiquant. Dans l'armée d'hommes endurcis de cette prison, Mario entrevit une distribution.

Avec la permission du Pasteur, il assura le sermon du

matin. Il sépara les actes de la pièce et en lisait une scène chaque jour, dans la séquence, comme ils en avaient l'habitude avec les vers. Sans préciser que c'était de Shakespeare, il prétendit que cela provenait de la Bible, il fit de Macbeth un guerrier ambitieux, contemporain de David, Salomon et autres héros d'Israël. La cellule écouta attentivement la prophétie des sorcières, l'ambition mortifère du couple central, les scorpions dans l'esprit de l'assassin et le mystère : que quelqu'un ne soit pas né d'une femme choquait Macbeth ! Ils s'enthousiasmèrent à la révélation que Macduff avait été arraché au ventre de sa mère, et à la forêt de Birnam marchant sur le château.

Neusa s'étonna de la transformation de son neveu. Mario était maintenant tout excité, il prenait ses cigarettes et la congédiait, pressé. Les yeux vitreux, il ne s'asseyait jamais. Il disait être heureux. Comment est-ce possible ? commenta la tante à l'attention de sa fille en rentrant chez elles. Et Carine confirma l'hypothèse que son cousin avait définitivement déraillé.

Les plus bigots demandèrent à être transférés, il se tramait dans la D-7 quelque chose de pourri. Le Pasteur s'est employé à échanger les culs bénis contre trois pères de saint, logés hors du secteur évangélique. Mario les voulait pour les sorcières. Le jour de leur arrivée, on les accueillit par une cadence d'applaudissements rappelant une macumba exaltée, ce qui contribua à remonter le moral des troupes. Alarmé par le tollé qui résonnait dans la galerie, le chef de la sécurité vint voir ce qui se passait à travers les barreaux. Il aurait laissé faire s'il n'avait vu Mario au centre de la cellule, tournant dans une ronde possédée, les prisonniers en délire autour de lui. Un rituel diabolique. Le directeur de la prison fit arrêter la pantomime et ordonna d'isoler Mario de la plèbe. Il l'envoya se calmer au cachot. Mario contrôla sa fébrilité, laissa croire qu'il se repentait sous des dehors calmes, quand il revint à la D-7. Il convint avec le Pasteur de reprendre les lectures matinales de la Bible et s'employa à rendre quelques nouveaux services dans la cellule, jusqu'à regagner la confiance des gardiens. Il jugea prudent de faire passer Macbeth à la clandestinité, il répétait la nuit avec le gang du portable. Les traquenards téléphoniques permirent d'approfondir le sens des répliques, comme dans les filages où, dispensés de se déplacer dans l'espace, les acteurs se concentrent sur le texte. Les cours de théâtre à l'église restèrent suspendus pendant des mois, jusqu'à ce que le Pasteur obtienne à nouveau leur autorisation. La D-7 avait retrouvé sa paix habituelle et il n'y avait plus matière à réprimande. Lorsqu'ils remontèrent sur scène, Mario fut surpris par les performances de la troupe, le travail nocturne avait porté ses fruits, chacun ou presque connaissait ses répliques par cœur, et on put passer au marquage au sol. Fidèle aux leçons de Guria, Mario composa une mise en scène épurée, les acteurs en cercle, au sol, aidant à la régie tandis que les personnages occupaient le centre de l'arène. On pouvait commencer à entrevoir la première.

Profitant de l'exceptionnelle visite de la prison par une délégation des droits de l'homme, Mario vit l'occasion de contourner une possible censure. Il se plaça au premier rang, près des barreaux, entre vérolés et tuberculeux qui quémandaient de l'aide, et mentionna son ambition de monter Shakespeare avec les prisonniers. Une Française cultivée, qui conduisait la commission et à qui la demande fut traduite avec un résumé du parcours du pensionnaire, s'émerveilla qu'un acteur à succès se soit égaré dans cet immense concentré de malédictions. Elle demanda à assister à une répétition. Acculé, le directeur ordonna de réunir la troupe. Mario, Greta, les pères de saint, Graveto, le Pasteur et quelque cinq autres paumés furent envoyés à l'église. Mario demanda que tous les comédiens se donnent la main, comme au temps de *Hair*, et les motiva en poussant un cri tribal. La transposition locale, la macumba des sorcières, la Greta Macbeth, l'autorité du Pasteur et le talent indéniable de Mario électrisèrent la dame. Elle jura de s'employer en faveur de l'initiative, pour laquelle elle félicita Cleto, le directeur de la prison. Lui, étonné de l'audace de Mario, fut déconcerté par les compliments de l'Européenne. Ce théâtre, après tout, pourrait lui rapporter.

Cleto avait une longue expérience de la prison ; ancien geôlier, il venait de la base et avait passé sa vie entre les murs. La différence est qu'il dormait chez lui ; pour le reste, il souffrait autant que les prisonniers. Il gagnait peu, avait des insomnies, dû faire face à des menaces de mort, été l'otage de rébellions obscures, et le témoin de nombreux meurtres. Il savait que dans une prison, ce sont les détenus qui commandent. Six gardiens pour deux mille cinq cents bandits ? Pas même en recourant à la torture, disait-il. Et tout ça pour quoi ? Qui se souciait de lui ou de ceux qui étaient là ? Les éloges de la Française, le fait qu'elle puisse penser que l'idée venait de lui, flattaient une vanité qui avait rarement pu s'exprimer dans le cadre de ses fonctions. Cleto devint un allié. Son frère travaillait dans un hangar d'école de samba ; il lui demanda s'il n'y avait pas des chutes de velours, une cape, un costume de roi ou de reine. Il prit ce qu'il put, une couronne en fer-blanc, de vieux instruments, et les mit à disposition, dans un coin de l'église.

Le jour venu, la délégation des droits de l'homme revint avec une équipe de tournage. Ils voulaient enregistrer l'expérience pour un documentaire qui serait présenté à l'ONU. Mario trembla à la nouvelle. L'histoire avait commencé avec lui, puis Greta, et plus tard, grâce au talent qu'il avait pressenti chez le Pasteur. Il avait voulu remonter sur scène, mais jamais il n'avait pensé qu'il se reverrait devant une caméra. Avant la séance, on lui demanda un témoignage. Mario nettoya ses lunettes et sentit la chaleur du réflecteur détendre ses rides. Il sourit, cabotin. Le Mario de toujours était de retour. Répondant aux questions, il parla de son innocence, il n'avait poussé personne, même s'il avait comme le sentiment qu'il méritait d'être là où il se trouvait. Je pense que je me suis tué, dit-il, le mort, c'est moi, c'est pour cela que je suis ici. Il refit le parcours qui l'avait conduit à *Macbeth*, c'était un détour, conclut-il, un détour appelé *Lear*. Le théâtre est un métier dangereux. Mario parla de son expérience dans la région de la canne, au Pernambouc, combien elle lui avait été utile avec les détenus ; il se souvint du professeur, Campos, de sa croyance ingénue que nous ferions naître un nouveau Cuba, et il regretta qu'il ne soit pas en vie pour assister à ce travail. Il discourut sur la notion de hiérarchie chez Shakespeare qui, au Brésil, ne trouvait de parallèle que dans la tension des favelas ; et il tressa des louanges au théâtre essentiel de Guria. Il félicita Greta, son Diadorim à l'envers, reconnaissant qu'il lui devait d'avoir survécu. Enfin, il dédia *Macbeth* à Raquel. Raquel Jablonovski, dit-il, l'actrice qui m'a appris qu'il n'existe pas de différence entre l'acteur et le personnage.

Les caméras furent positionnées dans l'église. Deux sur les côtés de la nef et une dans la travée centrale. Avant de commencer, Mario fit un petit discours devant le parterre des hommes de ménage, des gardiens et de la délégation. Le théâtre ne se laisse pas capter sur une pellicule, dit-il, il n'existe que dans l'instant présent où on le joue, puis s'évanouit. *Éteins-toi, courte flamme...* Il remercia la chance qu'on lui donnait, l'enregistrement, conscient néanmoins que seuls ceux qui avaient été présents cet après-midi-là, en cet instant-là, sauraient vraiment ce qui s'y était passé. Et il rejoignit le cercle des acteurs, la compagnie qu'il avait formée au hasard des possibles. Il donna le signal du début en frappant du pied le plateau, le son rappelait celui de la tempête de Stein. Les macumbeiras préfigurèrent la gloire et damnation du thane de Cawdor ; et Mario, en connaisseur des faiblesses, de l'ambition et de la folie de son personnage, accomplit, comme jamais nul autre acteur, son destin de Macbeth.

Je voudrais remercier Ilda, Ilma et tous ceux de Tijuca ; mes éditeurs Emilio Fraia, Otávio Marques da Costa et Luiz Schwarcz ; Mario Sergio Conti et Flávio Moura ; Evandro Mesquita, Helena Ignez et Marcelo Freixo ; la direction et les détenus de la prison Evaristo de Moraes ; et toute la distribution du *Roi Lear*, dont j'ai fait partie.

Composition : IGS-CP à L'Isle-d'Espagnac (16)
Achevé d'imprimer par Normandie Roto Impression s.a.s.,
61250 Lonrai, en mai 2021
Dépôt légal : mai 2021
Numéro d'imprimeur : 2102175

ISBN : 978-2-07-279780-4 / Imprimé en France

336869